No es elegante matar a una mujer descalza

Autores Españoles e Iberoamericanos

Raúl del Pozo

No es elegante matar a una mujer descalza

PLANETA

Córcega, 273-279, 08008 Barcelona (España)

Realización de la sobrecubierta: Departamento de Diseño de Editorial Planeta

Primera edición: marzo de 1999
Segunda edición: abril de 1999

Depósito Legal: B. 15.496-1999

ISBN 84-08-02951-7

Composición: Fotocomp/4, S. A.

Impresión y encuadernación: Printer Industria Gráfica, S. A.

Printed in Spain - Impreso en España

A Natalia

A Angelines

¡Qué oficio tan duro es ser una mujer hermosa!

CHARLES BAUDELAIRE

CAPÍTULO PRIMERO

—

NADIE MIRA LA CARA DE UN ALABARDERO

Estaba amaneciendo y ya eran indiferentes las miradas. Las mujeres bostezaban en las paradas de autobús con un gesto primitivo, casi selvático. Los hombres dejaban salir de su boca un hilillo de vapor. Tomás volvía caminando, con la cara demacrada y los ojos con culebrinas de sangre; había dejado a los amigos, que bebían y tragaban píldoras, en un bar de luz verde. Regresaba a esa hora intempestiva, obscena, en la que se cruzaban los trasnochadores con los que van a trabajar. Pero nadie le conocía. La gente era demasiado joven y por eso ignoraban que él se llamaba Tomás el de la Isla y, en su tiempo, cantó como nadie la seguiriya. Su vida, nómada y medio gitana, se desarrollaba en la noche; por el día trabajaba y se pasaba las horas en la central que había en el bloque de apartamentos.

Iba algo melancólico por la resaca, por la niebla y por su suerte; mientras se tomaba un café, se animó a sí mismo y pensó que más vale ser almirante que golondrina; en el piso donde trabajaba de portero, de día no le obligaban a ponerse el uniforme, ni la gorra de guardiamarina, ni los guantes de cabritilla.

Le gustaba aquel barrio, le caían bien algunos de los inquilinos y podía conectar los auriculares con el *compact* para oír coplas que le distraían. En el barrio, si escuchaba con atención, podía oír cantar los pájaros y ladrar los perros, aunque los perros le agradaban menos, como suele ocurrir a los que, como él, llevan una vida desordenada, de trasnochadores y bohemios. Los perros están a favor del orden.

Eran las nueve menos cuarto del lunes y la niebla tapaba las Torres KIO. Ni sabían su nombre, ni su apodo; ignoraban que en el ambiente de la copla le llamaban la Pavana y ni siquiera le miraban cuando se estaba comiendo una porra. Se había pasado la noche y todo el fin de semana por los chiringuitos de locas, por los bares de váteres oscuros donde los colegas se acariciaban, se devoraban de esa manera que suelen preferir los homosexuales.

Desde que le dejó un novio andaba despendolado, con su cabello rojizo. «Tienes más pelo que el borrego de la Legión», le comentó el chirlero en los tiempos felices, cuando se conocieron en un bar del centro. La Pavana se teñía el cabello, pero eso no tiene la menor importancia, porque los flamencos lo hacen desde que se licencian de la mili y así nadie nota que se les vuelve blanco cuando llegan a viejos.

Su novio antes de darle puerta le llamaba pureta, le decía que tenía la chola troná y que le gustaba más una bata de cola que un haiga.

Se acordaba de todo eso mientras tomaba un café para despejarse, en una esquina de la barra en la que habían puesto decenas de platos con taza y cucharilla. Algunos le miraban de reojo, más que nada por el anillo de prelado y el pelo de henna. Había alternado con palmeros y guitarristas parados, gaditanos como él mismo, que rendían culto al Camarón de la Isla y a otros grandes, sobre todo a los gitanos, porque, como los elegidos, se van antes. Los buenos cantaores se meten de todo y mueren pronto.

Durante la noche hablaron como siempre del Caracol, del Chato de Jerez, de Pepe el de la Matrona, de Triana y de Sanlúcar, y se arrancaron, cuando ya estaban contentos, por la Niña de los Peines y Tomás el Nitri hasta que se les hizo de día.

Cuando se juntaban, se contaban cosas que ya sabían y que se habían repetido muchas veces, cosas de Sevilla y del Rocío; las escuchaban como si fueran nuevas, porque los gaditanos sienten mucha nostalgia de sus ciudades, se acuerdan de la gente y comentan las cualidades de las acedías y de las pijotas. Tomás se había emocionado al escuchar cantar por bulerías a una chiquilla de Jerez con bata negra de lunares blancos y se imaginó a sí mismo cuando su madre le hablaba por bulerías en la cuna, según ella misma le había contado.

El Panadero empezó a disparatar:

—En la Bahía, cuando el día y la mar están claros,

se puede ver a las mujeres de la Atlántida que van a comprar salmonetes coloraos.

Lolo el Cojo, para no ser menos, relató:

—Se apareció un fantasma en mi pueblo, y cuando lo persiguió la Guardia Civil y la gente con escopetas y escobas, el fantasma se escondió en el reloj del ayuntamiento, de donde sale cuando hay ahogados en las pateras.

Luego, Tomás se fue solo por el circuito gay hasta que a las nueve en punto, después de desayunar, llegó al cuarto de la portería.

Las señoras bajaban a darles una vuelta a los perritos por el barrio de los olivos, mientras una criada dominicana llevaba a dos niños al colegio. Tomás se sentó en su garita. Su trabajo consistía en atender las llamadas, recoger los paquetes y vigilar los buzones donde dejaban la correspondencia de los inquilinos.

No llevaría sentado ante la central ni diez minutos cuando escuchó aquel grito en el sótano. Algo pavoroso había ocurrido en el piso de abajo, en el –1, porque el grito había taladrado el silencio de la mañana. Bajó las ocho escaleras y se encontró con Lola, una de las mujeres de la limpieza, con el moño desatado, pálida, con esa exageración gestual de la gente del sur, que le indicaba con la mano uno de los cuartos trasteros de esa planta. Le abrazó la paisana, que era de Jerez, y le dio la noticia:

—Hay una mujer muerta.

Tomás el de la Isla tuvo que encender el mechero para ver a aquella mujer, envuelta en la mortaja de una alfombra, metida en un cofre que le pareció de Marruecos.

Un helado silencio rodeaba el cadáver, que tenía al lado un pequeño bolso de pedrería y también unos guantes negros. En un jergón apoyado en el tresillo, casi de pie, vio, más bien tocó, unas cuerdas de cáñamo. Instintivamente tendió el jergón, porque podía caerse en la cabeza de alguien. Al lado del baúl vio una costra de sangre, muy reseca.

Las otras mujeres de la limpieza, el que cuidaba la calefacción y un camarero de la cafetería se acercaron por el pasillo hasta el cuarto trastero.

La Pavana cerró la puerta con delicadeza, como si temiera despertar a la mujer, y mientras marcaba el teléfono de la Policía hizo un esfuerzo de memoria para recordar quién era la que había visto a la luz del mechero, con las piernas para arriba y sin zapatos, en un cofre parecido a los que vendían en Tánger en su época de camello. Recordaba perfectamente su cara, pero le resultaba más próxima aún aquella trinchera Burberrys Look, con forro desmontable. Le resultaba próxima porque era suya, era suya y era de mujer; se la ponía y salía travestido por las noches en los tiempos pasados, cuando a los turistas sexuales y del flamenco que venían a la movida de Madrid les gustaban los numeritos de bailador travestido de Carmen moderna sin puntillas, ni trajes de gitano-gitana, sino con ropa de *boutique*.

La trinchera era amarilla, cantaba mucho y no se le

despintó porque en un tiempo lejano la compartía con la muerta.

Tomás estaba asustado; nunca se tiene del todo la conciencia tranquila, ni se está preparado para que la Policía penetre en las interioridades de una casa o de una memoria. No podía esperar nada bueno; porque él ahora se limitaba a ser portero, pero en el pasado tuvo que pillar lo que podía, después de los años sesenta, cuando acabaron los tablaos donde se ganaba la vida con la guitarra y el travestismo.

Si la muerte estaba relacionada con la droga, le iban a marear con preguntas, porque él había estado mojado por tráfico y camelleo. Aunque llevaba mucho tiempo sin vender ni harina ni hass, la Policía tiene mucha memoria.

Volvió al cuarto y cogió la trinchera amarilla sin que nadie le viera.

El Jefe iba buscando a Manuel Parásito, un cortabolsos viejo, ya retirado. En realidad buscaba a JB, pero Manuel Parásito era el único que podía saber el paradero de JB.

Manuel Parásito también era apodo; en realidad se llamaba David Beato, y se cambió el nombre para que no lo relacionaran con su padre, que fue, durante toda su vida, el verdugo de Badajoz.

Cuando quitaron la pena de muerte, Manuel Parásito emigró a Madrid y ejerció el oficio de chivato en los ambientes de los canoa; hacía horas extras como cortabolsos y como proveedor de oficios-basura; tal vez se hubiera desempeñado mejor como verdugo, porque a su padre, que en gloria esté, nunca le ocurrió como a otros funcionarios del tormento, que fallaban cuando los ajusticiados padecían de bocio: Beato se entrenaba con gatos y perros para adquirir oficio y para enseñárselo a su hijo.

A Manolo Parásito, las lecciones no le sirvieron de nada por los cambios políticos; un día quitaron la pena de muerte y los verdugos se agarraron a lo que pudieron; él procuró no alejarse de la justicia ni del orden, a los que su familia habían servido lealmente durante tres generaciones. Desde que llegó de la provincia en un tren de carbonilla, controlaba los oficios madrileños: cicerone, extra de cine, paseador de perros, acompañante de moribundos, portero de puticlub, reventa y alabardero de pega.

El Jefe encontró a Parásito, aquella tarde de aire pálido y caliente, en un bar de la calle de la Victoria, donde se juntan los reventas, los banderilleros y los anticuarios. Estaba limpiándose los zapatos y mirando la lista de la lotería.

—¿Qué sabes de JB?

—Ni idea. Estará pescando.

—Me ha dicho un pajarito, que anda por un restaurante de Cuchilleros.

—Primera noticia.

—Si te pones chulo, te voy a colocar los grillos.

—¿Es que en esta puta ciudad no puede uno limpiarse las queseras?

—No me corras la mano, que no tengo ni un pase.

—Le perdí la pista.

—¿No trapichea contigo?

—Que no.

Cuando el Jefe comprobó que el chivato no quería colaborar, se fue paseando desde Victoria hasta la plaza Mayor. Notó la transición entre Mayor y Cuchilleros porque la plaza huele a calamares, y de los arcos llegaba el aroma del cochinillo.

JB estaba, como había dicho el pajarito, disfrazado, impávido y mudo porque se había vestido de alabardero. Pero el Jefe, ni enterarse. JB era una armadura de esas que ponen en los rellanos en los paradores de turismo, a las que se dan las buenas noches al salir. Tenía que estar muy quemado para ganarse la vida con ese visaje.

Cuando vio entrar al Jefe, JB le dijo, sin mover los labios, como los gitanos dicen a los civilones: «Colgao te veas. No quiero verte ni en pintura. Métete en los huevos el peluco de oro que dan cuando te jubilan.» No movió los labios, ni una ceja, ni respiró, ni se rió como eran sus deseos, aunque JB era de poco reír.

Cuando se quitaba el uniforme de alabardero parecía un amortajado, tan pálido y tan alto, con los zapatos tan limpios. Es lógico; si los reyes de antes no movían ni una ceja, ni la nariz, ni siquiera la mano, cómo iba a hacer muecas un alabardero.

El Jefe pidió un vino delante de la barra de cinc blanqueado y hasta miró al alabardero, pero los años no perdonan. El dueño del mesón, arremangado, lavaba los vasos en la pila del agua clara y le puso un pincho de aceituna y boquerón.

—¿Sabe algo de Juan Belalcázar?

—No sé de quién me habla.

—Le dicen JB.

—Ah, sí; no sé por dónde anda.

—Si cae por aquí le dice que le buscan de la brigada.

El dueño sabía que no podía decir a nadie que, cinco días a la semana, JB trabajaba a tres metros de la barra donde el Jefe se estaba tomando el vino; posaba con arma enastada para impresionar a los turistas que iban a comer cochinillo.

Nadie mira la cara a un alabardero. Belalcázar se disfrazaba de guardia real como otros se visten de bandidos con trabuco o de cantantes de ópera por los mesones de ese barrio de restaurantes con geranios en los balcones.

Madrid siempre vivió del embuste, a expensas del poder, unas veces dando golpes de alabarda a los reyes y otras simulando oficios de corte o de lazarillos, aguadores o sodomitas de esquinas.

La afición a las cosas modernas se ha llevado el mito, el arte y la creencia, y ahora los pícaros se han transformado en mensajeros o porteadores de pizzas.

JB prefería los oficios del viejo Madrid, tales como extra y aplaudidor de claque, algo que se pareciera a lo que había sido hasta que lo expedientaron en la Policía.

JB no era lo bastante viejo como para jubilarse cuando salió de la brigada, y no le gustaban las profesiones que reservaban a los policías acabados: guardias jurados, matones de morosos, escoltas, vigilantes...; así que se agarró al disfraz de alabardero. Cuando fue a la mili, que le tocó en Cuatro Vientos, le hicieron gastador, porque era buen mozo, como decía su madre, y en los años de los americanos, cuando llegaron a España a hacer películas de muchos extras, él trabajó de romano, de caballero y de mexicano. La buena planta, a pesar del pelo cano, le valió para enrolarse en el cuerpo de alabarderos de atrezo.

El Jefe preguntó, olisqueó y, como buen policía, se fue convencido de que en el mesón le habían engañado.

JB estaba muy a gusto con su nuevo trabajo, y aunque sus antiguos compañeros decían que se le había quedado el corazón seco por el rencor, llevaba una vida solitaria y no echaba para nada de menos sus pasados éxitos como policía de investigación.

Aquel día de sol, pero ya con el frescor que llegaba de las primeras nevadas de la sierra, JB estuvo pensando, hasta que cerraron por la tarde, en su antiguo jefe; se preguntó por qué le andaría buscando y le entró manía persecutoria. Era época de veda en la pesca, pero cogería la escopeta y se iría en un jeep hasta Albarracín, porque no tenía previsto volver a la brigada. No tenía melancolía alguna de su época profesional, aunque reconocía que algunos crímenes por él investigados tuvieron un turbulento encanto. Tampoco se encontraba tan bien en Madrid como en otros tiempos, cuando agotaba las noches hasta que era de día, comiendo pollo frito junto a alguna torda, en las ventas de las afueras, mientras se dormían en la guitarra los cantaores, y los señoritos del mal vino pedían más fiesta.

El último Madrid se volvió duro y sombrío hasta para los gatos, con colgados que atracaban hasta a su sombra y ladrones que metían mano a la cola del Cristo de Medinaceli, donde él iba los primeros viernes desde que se lo prometió a su madre, antes de que expirara. Iba con paciencia a la iglesia, aunque las colas llegaban desde el Prado hasta el Palace, dando la vuelta al ministerio; esperaba su turno entre tullidos, tontos y abuelas de negro.

CAPÍTULO II

—

LA NECROSEÑA

Le rozó la frente una mosca, pero no era la de los ataúdes, sino una zumbadora, una mosca de jardín.

El silencio del cuarto y los rostros solemnes indicaban la proximidad de la muerte. Sobre el suelo de ladrillos habían pasado la bayeta recientemente; el resto de la habitación estaba cubierto de telarañas.

Lo primero que le vino a la vista al juez fue un anaquel, empotrado en la pared, con botellas de vino y whisky, de las que sólo se veían los culos de cristal cubiertos de polvo. Las botellas estaban hacinadas hasta una altura de dos metros y parecía que llevaban ahí miles de años.

El juez llegó con dos personas más de la Policía Científica para levantar el cadáver, en compañía del fiscal y el secretario del juzgado, con el periódico debajo del brazo y unas gafas sujetas al cuello con un cordón negro. A lo largo de la mañana fueron apareciendo más agentes con cámaras, tubos de ensayo, tizas, espejos, pinzas y otros artilugios de investigación. Aún no se había acercado al cofre. Los agentes, por su parte, inspeccionaban el entorno, según las normas y las nuevas ordenanzas, antes de la necroseña.

Muchas veces el éxito de la investigación dependía de la primera mirada del lugar y de la interpretación de los datos. El juez daba mucha importancia a este primer vistazo, y no interrumpía el trabajo de los policías. Observó las botellas, sin tocarlas, como es preceptivo, y descubrió que algunas tenían redecillas y otras no; en las de más arriba podían leerse las marcas y los años: Pesquera, Rioja Alta y Baja, Viña Ardanza 69, 71, 63, 77. También había botellas muy viejas de whisky irlandés y escocés, de avena y de maíz, así como de diferentes épocas de Montilla, lugar de su propio nacimiento. Recordó, más como bebedor que como persona nacida en tierra de viñedos, que los árabes se olvidaron del Corán ante los vinos montillanos; miró una de las botellas y reconoció el color pajizo, pálido, ámbar o tal vez oro viejo del vino de su tierra. Para que un vino estuviera en su mejor momento, tenían que pasar entre quince y veinte años; sin embargo, alguno de aquellos vinos rondaba la treintena.

Carlos Rico el Media Hostia, nacido en la ciudad de Montilla, ordenó que precintaran las botellas, porque incluso para él mismo suponían una tentación. Le llamaban Media Hostia en la germanía los rufianes y los propios abogados; iba vestido de negro, con aire de clérigo, típico de los jueces. Con la sonrisa de malicia y el aire de superioridad de los hombres sin estatura, también se fijó en una bota, de cuello con brocal de cuerno bañada con pez, que estaba colgada en la pared.

El cuarto no parecía una bodega, ya que guardaba otros trastos: una bicicleta fija, una escalerilla pintada de rojo para alcanzar las estanterías de la biblioteca, la tabla de una plancha y varias cajas de zapatos viejos. Luego, después de hurgar en el caos de los muebles amontonados, los policías descubrieron un jergón que en uno de sus extremos tenía sendas cuerdas de cáñamo. Más tarde encontraron un látigo o fusta.

—¿Qué es eso? —preguntó el Media Hostia.

—Una fusta de caballista.

—¿Y qué quiere insinuar?

—Que tal vez sometieran a la víctima a prácticas sadomasoquistas.

—Limítese a enumerar los objetos que se encuentren.

Al Media Hostia no le agradó la precipitada conclusión del agente, pero anotó la observación.

El cofre estaba en la parte más oscura y profunda, cerca de la caldera de la calefacción, bajo una ventana de ojo de pez. Los policías habían montado una lámpara halógena porque la luz de la bombilla era muy tenue. También habían colocado una sábana en el suelo para recoger los cabellos, los botones, los pendientes y el semen, si lo hubiera.

—Hasta la última mota de polvo —ordenó el juez.

Tenía el rostro insomne de la guardia de fin de semana, ya que había recibido la llamada de la Policía ese lunes, minutos antes de irse a casa, cuando se afeitaba en uno de los cuartuchos de los juzgados. Se lo anunció el secretario:

—Llama la Policía del distrito de Chamartín. Han descubierto una mujer muerta en la calle de Menéndez Pidal.

Dobló el periódico, en cuyos márgenes blancos acostumbraba a anotar nombres, fechas y observaciones. Luego, precedido por dos motoristas, se personó en una calle que conservaba los olivos de cuando no había construcciones.

Él no llegó a verlo, pero le contaron que después de la guerra aún pastaban las ovejas por esas colinas del norte de la ciudad. Ahora habían construido apartamentos, escuelas, guarderías y residencias de ancianos. Después de levantar tantos cadáveres a lo largo de su vida, confiaba más en las declaraciones y en los móviles que en los métodos de la ciencia. El Media Hostia se había quedado en los años setenta; con las garantías y los derechos de la Constitución, la investigación ya no se basaba tanto en las palabras de los testigos, que podían ser inexactas, o de los sospechosos, que tenían derecho a no declarar en su contra, como en el ADN, las fotografías y las huellas. Le trataban con respeto porque se comportaba con mucho rigor en lo tocante a resguardar la escena de toda influencia externa; en ese aspecto actuaba con precisión: ordenaba no crear pruebas, no tocar nada, no tirar colillas que se confundieran con las que ya hubiera.

Le habían puesto el mote en los años de la transición, cuando el magistrado tenía fama de aplicar la ley con los fachas. A uno de aquéllos, altísimo y cuadrado, al que llamaban Carry, y que lo detuvieron cuando abortaba una manifestación pistola en mano, se lo encontró después en un bar cercano al juzgado con una cerveza negra en la mano.

Al ver al juez, dijo:

—¿Dónde está tu otra mitad? Porque no tienes ni media hostia.

Era un hombre de poca estatura, efectivamente, no pequeño, según él mismo presumía. Había militado en asociaciones de jueces, después no había prosperado, como otros compañeros más dados a la obediencia y a la moderación. Le perdía la lengua. Presumía de no haber cambiado jamás de toga, desde aquella mañana de 1965, cuando estrenó la de tergal, en la Audiencia comarcal de Almendralejo, donde se juzgaba un conflicto de lindes que había acabado a navajazos entre hermanos.

Todos pensaban que el Media Hostia era capaz de sentar a su propia madre en el banquillo si encontraba pruebas para ello. Encontró pruebas para guardar a Carry, el facha que le había puesto el apodo. No actuó por venganza, sino porque encontraron en su casa el bate de béisbol que había usado para pegarle una paliza a un homosexual en el Parque del Retiro. Mientras se lo llevaban los guardas, le recordó el Media Hostia al chapado:

—Platón, Mozart y Napoleón eran pequeñitos, y alguno de ellos, maricón.

Los delincuentes le temían cuando lo descubrían entre el rodal de las togas, con su cara de funcionario, sus ojos que todo lo demolían, y su leyenda de no dejarse sobornar. Entonces se agigantaba su figura; miraba por encima de las gafas como los profesores y hacía preguntas, con el sumario en la mano. Durante la vista se comportaba con llaneza; en los interrogatorios dejaba aparte la pedantería, los latinajos y las citas; luego, en las tertulias o en los actos académicos, abusaba de su cultura, tal vez para compensar la cortedad de su estatura.

Aquella mañana el Media Hostia no olió nada especial; no había en la estancia ninguno de los síntomas de la putrefacción, ni moscas, ni olores, ni atmósfera de morcilla. Casi siempre que salía a levantar un cadáver temía ese aroma de gato muerto. El aire silbaba por el ojo de pez a pesar de ser un día de poco viento, un día suave, de niebla, del otoño avanzado; la calefacción aún no había sido encendida.

Los policías, provistos de guantes de cirujano, dejaron una mata de cabellos rubios. El Media Hostia reprimió sus deseos de sacar un pitillo, por temor a dejar caer alguna ceniza. De todos aquellos que investigaban, ninguno fumaba.

Cuando le dijeron que podía acercarse al cofre, el Media Hostia echó una ojeada al cadáver y le extrañó nuevamente que no desprendiese pestilencia alguna; también le inquietó la mujer muerta. Era una madera quemada, una momia que pareciera sacada del desierto. Observó que se había producido la deshidratación típica de los días posteriores al fallecimiento porque el cuerpo había menguado, y seguramente había perdido la dimensión inicial, pero conservaba la forma, como una de esas frutas que se van desecando en los meses posteriores a la recolección. Los cabellos de color de moneda de oro, al lado de otros socarrados, caían por encima de un vestido rojo de una sola pieza, en el que se adivinaban las rotundas formas de las caderas, los pechos y los hombros.

Al lado del cadáver había unos guantes negros y un bolso también negro y pequeño, ornamentado con una pedrería muy chillona. Le pareció que aquello no era en realidad un cadáver, parecía más bien un maniquí, o el proyecto de una escultura.

Cuando entre dos empleados del Instituto Anatómico Forense se llevaron a la mujer muerta en una camilla, el Media Hostia recordó a esas vírgenes negras con los pies en las uvas y en los panes de las fiestas de pueblo.

Caruso conducía el coche cúbico del depósito de cadáveres. Le llamaban así porque cantaba en la residencia de ancianos los fines de semana. A su lado iba el Cocodrilo, que lloraba sinceramente en los levantamientos. Atravesaron la ciudad a la hora de mayor tráfico.

—Se abrió la mañana y se despejó la niebla —dijo Caruso.

El brillante y claro sol de Madrid iluminó los edificios que horas antes se habían desdibujado con la niebla. Los dos camilleros discutían sobre el partido del domingo hasta que llegaron al Anatómico, donde el doctor Armando ya esperaba provisto de material quirúrgico, vestido con el batín azul pálido, la mascarilla y los guantes del mismo color. El gorro blanco no podía ocultar los largos pelos del médico, con su empaque de vagabundo o hippy tardío. Tenía los cabellos de color castaño claro y en sus ojos brillaba una luz enigmática. Las manos larguísimas, cuidadas, quitaron el plástico que cubría al cadáver, que no llevaba zapatos, y que estaba colocado sobre una mesa de pizarra o tal vez de mármol oscuro. El color del rostro de la mujer no era el encarnado de los cadáveres expuestos al frío, ni el morado de la asfixia. En la sala de autopsias se notaba el ominoso frío de las cámaras; aunque estuvieran cerradas, se intuía que allí permanecían meses y meses los cuerpos de vagabundos, cobayas humanas y hombres sin documentación. El doctor hizo una primera exploración al estilo de la que se hace a los vivos. Palpó el cuerpo y en seguida observó las marcas de las cuchilladas. Ordenó que hicieran radiografías, y después comprobó que los brazos y las piernas carecían de la rigidez post mortem. El cuerpo no estaba gélido al tacto. El doctor Armando pidió que saliera todo el mundo de la sala de autopsias y se quedó solo. Introdujo agujas por el cuello e hizo otras incisiones para sacar tejido.

El cadáver carecía de sangre, o por lo menos eso le pareció en la primera exploración. Estaba relativamente bien conservado, como si hubiera permanecido en la nevera del Anatómico. Más tarde sospechó que había ocurrido algo diferente a lo que había pensado: era muy posible que el cuerpo tuviera en el interior alguna de las sustancias que se emplean para mantener los cadáveres. Algún factor desconocido había provocado una especie de momia y la ausencia del olor de la putrefacción.

La Pavana continuó en el cuarto trastero cuando los camilleros se llevaron el cuerpo. Aprovechando ese momento de calma le dijo a su paisana, la mujer de la limpieza:

—Esto parece un plató.

El levantamiento del cadáver se transformó en un rodaje. Llegaron equipos de filmación, fotógrafos, peritos con batas blancas y microscopios. El equipo científico hacía fotografías, y los destellos de los flashes se concentraban sobre el cofre. Un agente se puso de rodillas para fotografiar los flujos solidificados por el tiempo.

Fue imposible alejar a los reporteros de la prensa, que iluminaron con los resplandores de las cámaras la salida de la camilla. Habían esperado en el restaurante italiano, que estaba ubicado en los jardines del edificio, con sus cámaras, sus focos y todo su estrépito.

Uno de los policías, con suma delicadeza, sacó dos

hojas de un diario manchadas de sangre vieja y un cuchillo, cuchillo de matazón, y se acordó de cuando jugaba con otros niños al fútbol en la plaza de su pueblo con la vejiga del gorrino, después de comerse el rabo en el rito de la matanza. Luego introdujeron el cuchillo y el periódico en una bolsa de plástico que depositaron en la sábana.

Todo lo que iban encontrando en el cofre o a su alrededor —una alfombra, un libro de cocina, unos zapatos que no eran los de la muerta, unos pendientes que sí lo eran, más mechones de cabellos rubios, sangre coagulada de color marrón oscuro, heces resecas y negruzcas—, todo, lo iban colocando en la sábana.

El cofre, en forma de arca, con la tapa abierta, convexa, cubierta de una chapa dorada, con incrustaciones de piedra rosa y dibujos árabes, no parecía gran cosa, ni siquiera era antiguo; se trataba de una burda imitación.

Cuando se recogieron todos los objetos y se llevaron al juzgado, el Media Hostia se dirigió al Anatómico. No era lo que en estos casos se solía hacer, pero el juez quedó intrigado por la serie de circunstancias anómalas que había descubierto. No podía quitarse de la cabeza a la chica con los brazos abiertos, rígidos, como un maniquí en el desván: una postura obscena, había pensado. Cuando la vio diez minutos antes, tuvo la sensación de que en el cofre habían metido, en realidad, uno de esos figurines, sin sexo, de escayola, que suelen colocar en los escaparates de los grandes almacenes.

Vista con mejor luz y con menos gente en la sala de autopsias, aquello siguió sin parecerle un cadáver, sino una muñeca gigante.

—No huele.

Lo confirmó el forense, que añadió:

—Hay dos fenómenos típicos cadavéricos: mucho calor primero y mucho frío después. Se muere, generalmente, con fiebre; pero después de la hipertermia llega el frío. El enfriamiento se inicia por los pies y por la cara. A las dos horas el cuerpo está helado, pero el enfriamiento total no llega hasta las doce horas. Aquí se han dado todas las fases: hubo deshidratación, pérdida de agua y de peso, pero luego se produjo un apergaminamiento cutáneo. La chica es de cuero curtido.

Carecía de las livideces de la muerte, y su rostro era terso, brillante, rosado. Pero sí tenía sexo, al contrario de las imágenes de las vírgenes o de los figurines; el vestido rojo estaba levantado y se veían sus genitales; carecía de bragas y, a pesar de los orificios de las cuchilladas, sus partes púdicas estaban intactas; tenía el pelo rizado en el pubis, una piel fragante, y el cabello muy rubio; probablemente era escandinava, tal vez una alemana de pelvis ancha, piernas talladas o fundidas.

Le sorprendieron las pestañas doradas, también de muñeca, el monte de Venus muy arqueado, la vulva, una raya perfecta y oscura. No estaba mutilada, sólo agujereada; en el vientre plano se observaban algunos orificios. Los senos estaban cubiertos por el vestido, pero se notaba su relieve, con las redondeces intactas. Era una mujer muy joven, de cuerpo fino y atlético.

Al doctor Armando no le gustaba que nadie fisgoneara las autopsias, pero tuvo que dejar entrar al Media Hostia. Al finalizar la ojeada a la muerta, el juez se detuvo en un pie con un bonito tobillo, uno solo, porque el otro pie había desaparecido.

—Las ratas.

Al doctor Armando no se le veían los ojos, ocultos por la mascarilla. Habló en el momento en que uno de los agentes que acompañaba al Media Hostia imprimía con tinta sobre un folio los diez dedos de la muerta.

—Insisto, parece que está avanzado el proceso de desecación; lleva algún tiempo muerta.

—¿Como cuánto?

—No se puede calcular sin hacer todos los análisis.

—¿Puede adelantar alguna hipótesis sobre la muerte?

—Le dieron catorce puñaladas y la vaciaron de sangre. Hay un corte muy profundo en la yugular y otro cerca del pubis. Pero aún no sé por qué se conservó así el cadáver.

El otro agente seguía fotografiando el cuerpo. Acercaba la cámara a las heridas, extensas, cerradas, infligidas casi seguro por el cuchillo de matanza.

—¿Quién descubrió el cadáver? —preguntó el doctor.

—Una mujer de la limpieza —dijo uno de los policías.

Como si se hubiera filtrado su propio pensamiento, dijo el doctor Armando:

—Está amojamada.

Tan vulgar diagnóstico coincidía con la sospecha del Media Hostia. Añadió el forense:

—Juraría que hace tiempo que ha muerto y no es un esqueleto. Parece un milagro. Se ha conservado tan bien porque las puñaladas la secaron de sangre. Los muertos no coagulan.

El Media Hostia pensó que la desangraron como se hace con un cordero para que pierda el color encarnado. La sangre estaba solidificada en la base.

—Mire —siguió hablando el forense—, las livideces cadavéricas son de diversos colores, rojo-violeta, verde, pardo; pero este cadáver está casi como una rosa. Tampoco se produjo la fermentación bacteriana, ni se observan las manchas verdes de la putrefacción cromática. Ni siquiera la licuefacción ha despegado la epidermis de la dermis, ni hay las ampollas parduscas o pardooscuras. Ha perdido volumen y peso porque el ochenta por ciento del peso es agua y se ha evaporado, naturalmente. Hay una asombrosa conservación de la forma exterior del cadáver. Debió de perder cinco o seis litros de sangre, y eso favoreció la no putrefacción, pero no explica el fenómeno.

CAPÍTULO III

UN EXTRAÑO RESPLANDOR DE VIDA

Uno de los policías de la Científica que se habían quedado en el cuarto trastero explicó al Media Hostia en el Anatómico Forense que el cuarto pertenecía a un apartamento del primer piso.

—Estaba cerrado desde hacía mucho tiempo. La nueva inquilina quiso usar el cuarto, no encontraba la llave y llamaron al cerrajero. La mujer empezó a limpiar y encontró el cuerpo. Al principio no creyó que se tratara de un cadáver, hasta que vio que salían ratas de debajo de las piernas.

La mujer declaró sentada en una silla, cerca del cuarto, en el largo pasillo de la parte baja del edificio de apartamentos.

Las compañeras que limpiaban otros pisos le bajaron una tila, aunque ella afirmaba estar muy tranquila. Todos ratificaron las palabras de la mujer.

—Pero hay un detalle bastante inquietante: la mujer de la limpieza dice que al principio vio una trinchera amarilla que ahora ya no está. Se acordaba de la trinchera precisamente por el color.

El Media Hostia anotó ese detalle en el margen del periódico.

—¿Cómo es la mujer?

—La mujer es de moño, andaluza, muy pálida, mandil blanco. Nos contó que las azafatas dejaron el apartamento y lo alquiló una señora que quería cambiar los muebles.

—¿Quién es esa señora?

—Una viuda.

—¿Y por qué quería cambiar los muebles?

—Porque dejó la casa donde vivió con su marido y sus hijos, pero se trajo algunos muebles: un sofá, un armario, una mesa, libros, espejos.

—¿Y las azafatas por qué dejaron la casa?

—Porque la compañía dejó de volar.

—¿Cuánto tiempo vivieron allí las azafatas?

—La mujer lleva veintidós años haciendo la limpieza en estos apartamentos. Cuenta que las azafatas se iban casando y dejaban de venir, y eran sustituidas por las nuevas.

—¿Sólo hubo azafatas?

—Antes vivieron otras personas.

Era un edificio situado en el norte de la ciudad, cerca de las torres inclinadas; el Media Hostia siempre las describía como unas torres bárbaras, que se reían de la geometría y de la plomada.

Aquella mañana la niebla de otoño rodeaba las torres y los lejanos montes de la sierra; el barrio donde se encontraban era sencillo y bello: cármenes, jardines con mirlos y perros, colegios, guarderías. El edificio bostoniano, silencioso, cerca de la M-30, era muy visitado por pilotos y azafatas por su relativa cercanía al aeropuerto.

El juez seguía mirando hipnotizado el cadáver porque había algo inquietante en el rictus de aquella mujer y en el hecho de que su carne prieta de muerta hubiera recuperado un extraño resplandor de vida. No podía entender ni creer que el cadáver no desprendiera el olor típico de la muerte, el aliento repugnante sin respiración, el olor vaginal pronunciado en las mujeres, una atmósfera de ropa usada, de marisco podrido, que no puede destruir desodorante alguno. El juez temía enfrentarse a cadáveres descuartizados, o simplemente apuñalados, porque el hedor de la carnicería le perseguía durante semanas y lo asociaba a los alimentos que ingería. Nunca entendió la curiosidad por los muertos y por los entierros.

Una gitana que no llegaría a los dieciséis años, de nacionalidad rumana, intentaba vender un periódico de mendigos a aquel hombre del anorak que hablaba por un teléfono inalámbrico.

La adolescente, cuyo bullaté vigilaba el chulo mientras jugaba a la máquina tragaperras del interior de la cafetería, ignoraba que aquel payo grande del anorak, que la devoraba con la mirada, era el Jefe, el jefe de homicidios. Antes había sido cazagrapos, más tarde cazaetarras y mucho antes cazacocos, y en los tiempos de la

Social tuvo una gran habilidad para infiltrarse en las organizaciones clandestinas y provocar sonadas caídas.

El Jefe tenía una biografía típica de las épocas de la transición: primero fue una figura en la policía política y más tarde, como agente secreto, participó en el reclutamiento de mercenarios italianos y franceses para enviarlos al «santuario» francés, «al burladero», como decían los policías; conocía muy bien las tramas negras; no obstante, cuando cambiaba el gobierno lo relegaban a puestos oscuros, pero muy pronto lo volvían a rescatar por su experiencia profesional. Nunca fue un nostálgico del pasado régimen, sino un convencido de que la Policía es de derechas y necesaria y de que no siempre puede utilizar los procedimientos ortodoxos.

En aquel momento no miraba a la gitana para desnudarla, sino porque le había recordado a su propia hija.

A pesar de lo avanzado del otoño, aún podía comerse en la terraza del bar. La gente disfrutaba de aquel día tan claro, con un sol especial que daba resplandor a los barrios miserables, embelleciéndolos, dorándolos. Hasta las cúpulas de las iglesias recientes adquirían un aspecto antiguo en el Madrid desbaratado, de ruidos y prisas.

El Jefe, bien relacionado con los nuevos políticos de Interior, recibía con ese cargo el premio por su trabajo en la «guerra sucia», cuando contrataba asesinos. Había llegado a mandar en homicidios en una ciudad que tanto en muertes violentas como en secuestros y peleas de madrugada con patrullas, brigadas, agentes motorizados y todo el aparato represivo estaba al nivel de las grandes.

Durante los fines de semana millones de jóvenes se iban de casa, bebían, se metían de todo, bailaban hasta la extenuación, copulaban en las capotas, delante de las iglesias y volvían a casa el lunes, donde los esperaban unos padres angustiados porque sospechaban que la noche está llena de asesinos. Algunos quedaban en las cunetas de las autovías o en los poblados de la droga. Cuando llega la noche parece que la gente se deja arrastrar por un viento de locura. El día es cegador y la noche suave, pero ardiente. Puedes perderte en alguna estampida. Eso lo sabía muy bien el hombre del anorak y por eso estaba preocupado por su hija.

«Almudena volvió a casa bien entrado el lunes, pálida, despeinada, malhumorada, con señales de haber hecho de todo, pastilleo incluido; ni siquiera le puedo pedir alguna explicación; me trata como a un enemigo», le contaba el Jefe al de estupefacientes.

La última modalidad de movida, entre el ritmo más neoyorquino y la copla rociera más campera, carecía de semejanza con otras anteriores. Cada vez que le llamaban para contemplar un cadáver los fines de semana, esperaba encontrarse a su hija. Precisamente, el lunes, cuando se había descubierto aquel cuerpo de mujer en el barrio de los chalets de Chamartín, tuvo un atroz presentimiento. Luego, cuando vio a la muchacha apuñalada, una más, algo frecuente en los fines de semana, se interesó especialmente por el caso.

Había llegado cuando lo llamaron los de la Científica, acompañado de su ayudante, el estupa. Se quejó del disparate de Madrid, del miedo a encontrarse a su hija. El Jefe conocía bien la anatomía y el alma de Madrid, había llevado ante el juez, a los calabozos y a los juzgados a miles de delincuentes cogidos del cuello de la chaqueta. Era su marca: levantaba a los pringados como a conejos desde su corpulencia de armario.

Para el caso de la Cosmonauta, como le llamaban en el argot los de la Científica, el Jefe pensó en Juan Belalcázar, uno de esos policías que, cuando trabajaba en la brigada, estaba decidido a evitar que Madrid fuera una ciudad donde se mata gratis. JB conocía la infinita variedad de la conducta criminal, pero estaba fuera de la Policía porque había topado con una toga de seda y de mucho huevo; una *prima donna* de la abogacía era sospechoso de haber matado al marido de su amante, un guindilla, al que habían atropellado mientras dirigía la sinfonía del tráfico en la plaza de la Cibeles. El abogado se querelló contra JB y le acusó de pisar todas las leyes del Código Penal, lo expedientaron y él dio un portazo y se marchó.

El Jefe decidió, en contra de las ordenanzas, volver a llamar al policía que guardaba en los armarios de su casa reliquias de asesinos, cinturones de prostitutas apuñaladas y cabellos de las víctimas como si fueran sus novias. A todos los inquietaba ese JB mordaz, resentido, el último que pedía seltz en los bares, trabajaba de extra y en la claque de los teatros. En el pasado, cada vez que desenredaba la trama de un crimen, se emborrachaba y visitaba los locales porno.

El Jefe nunca entendió por qué un hombre tan religioso, que iba los primeros viernes de mes con una vela a la cola de Jesús de Medinaceli, pudiera entregarse de esa manera compulsiva al alcohol y a la prostitución, y sobre todo no veía relación causa-efecto entre el descubrimiento de un crimen y el lanzarse a la borrachera. Otra cosa que fascinaba al jefe del policía despedido era que detectaba al delincuente al primer golpe de vista; JB conocía la ciudad de norte a sur, de los barrios pijos a los bajos, del Rastro a la Casa de Campo, de las plazas que huelen a calamares a las que huelen a hass, de las buhardillas a las chabolas.

Después de darle muchas vueltas a la cabeza decidió verle. En aquel momento le esperaba. Sentía por él una mezcla de admiración y recelo. Pero estaba seguro de que el actual caso le apasionaría porque era una «cebolla». «Pelar la cebolla», así llamaban los de la brigada a la investigación de un crimen; se va despojando a la cebolla de las sucesivas cáscaras cilíndricas hasta que se llega al bulbo central, cada vez más prieto, con capas difíciles de arrancar.

El Jefe conocía su oficio y sabía que los compañeros de la Científica estaban bien preparados; pero este caso los superaba. Durante la comida con los de la Científica elogió su informe y la pulcritud con que lo habían hecho, les comunicó que por las calles se paseaban los terroristas y los narcos y que no podía dedicar más tiempo a la muchacha aparecida en el cofre.

—Voy a cargar esta muerta a Juan Belalcázar.

CAPÍTULO IV

—

LAS CATARATAS DE UN PERRO

Todo el mundo sabía que Belalcázar había descubierto maravillosos asesinatos, pero casi todos habían olvidado que JB había tamborileado con los dedos en la pared donde estaban las mujeres emparedadas de Embajadores y que una noche detuvo, haciéndose el extranjero, al travero que mató a la madre de su maromo, aquel a quien llamaban el Bombero de la Cava Vieja.

El Jefe intuyó en seguida que la que yacía en el Instituto Anatómico Forense ocultaba en algún lugar de su cuerpo o en el rastro que dejó antes de ser apuñalada algún misterio inaccesible y recóndito que resultaría casi imposible desvelar y sería demasiado enrevesado para los nuevos. Ni siquiera sabía por dónde andaba JB. Le llamó varias veces y no contestaba al teléfono. Habló con Manuel Parásito, el que buscaba a los ex policías trabajos basura, como dador de pésames. El cortabolsos soltó prenda apenas sin presiones. Le pasaron el nombre de un mesón de Cuchilleros, fue a buscarlo y no encontró más que a extranjeros que chillaban por los efectos de la sangría.

Tal vez se habría perdido unos días en la sierra, pescando truchas o buscando hongos, como solía hacer cuando trabajaba en la brigada. ¿Habrá vuelto a la bebida?, se preguntaba el Jefe.

Los raberos y los macatruquis, los chapas y los traveros habían hecho el chiste combinando las siglas de su nombre y de su apellido con la marca de whisky, cuando iba ciego por los lugares más tirados. Cuando le echaron, aún se entregó más a la bebida, y los médicos le dijeron que tenía el hígado como una hoja seca. Desde entonces tomaba café con leche.

El perro se le quedó ciego por cataratas y cuando JB llegaba a casa se le arrimaba a las piernas. Aunque alguna gente creía que JB no tenía entrañas, y que entre él y su perro no había más que una larga vida de odio, se quedaron sorprendidos al saber que se negó a sacrificar al perro. Se murió primero su madre, luego se murió el perro y más tarde le dejó Araceli, la que había sido su novia desde que ganó la Vuelta Ciclista a Vallecas. Vivía totalmente solo.

Llegó JB a la terraza, tan correcto, tan puntual, tan madrileño, pensó el jefe de homicidios. No sabía muy bien qué significaba ser muy madrileño, pero asociaba las virtudes de los del Foro a JB; JB se portaba con mucha educación con las mujeres, iba siempre con los zapatos limpios. No es que JB bailara el fox-trot o el chotis. No era eso. Pero el policía retirado entendía que Pedro el Cruel hubiera querido ser enterrado en el Foro, como Jorge Negrete quiso ser sepultado en México.

De día es la capital del poder, pero la noche es de la gente, de la marcha. «Nunca pisa a nadie, como todos esos que llegan de provincias y vienen a empujar; por eso los de Madrid dicen siempre eso de: no me gusta que me pisen.»

A JB, además de hacer la penitencia en la iglesia de Medinaceli, le gustaba asistir a los espectáculos de sexo en directo, pero nunca había medrado como el Jefe en todos los cambios políticos. El madrileño prospera menos que el forastero y tiene una gentileza vieja, de una ciudad en la que hasta hace cincuenta años las mujeres tomaban el fresco con sillas delante de las puertas o iban a los teatros a ver sainetes como en los viejos tiempos de las corralas.

JB, el policía de la perseverancia, como el Jefe le llamaba, iba perfumado, ya que, después de pasarse varias horas del día entre cadáveres, tenía la impresión de que a los de homicidios se les quedaba prendido en la piel ese olor de los muertos.

Estaba más flaco, y el cuello se le había quedado como de tortuga; eso es lo que se le veía por debajo de un sombrero de pescador, no de policía. «Bien niquelado», pensó el Jefe. Pidió un café con leche. La última vez que le vio en homicidios tomó seis cafés con leche, seguramente porque era ésa la forma que tenía de soportar el síndrome de abstinencia.

—¿Cómo van las setas?

—Ahora es tiempo de níscalos, aunque sí, también de setas de cardo y de champiñones.

—Siempre andas perdido en el monte.

—No aguanto Madrid.

JB recordó con una mirada vertiginosa hacia atrás el Madrid que aún tenía olivos y trigos en las afueras, antes de convertirse en una serie de paralelepípedos, una ciudad infinita y ruidosa.

También recordó al Jefe cuando iba de Kojak de telefilme, con la pistola en el calcetín como él mismo hacía, con el pelo largo de los progres, para colarse en los ambientes. Le vino a la memoria cuando, más tarde, con los bocadillos y canarios del servicio secreto, se dedicaba a reclutar mercenarios o a espiar a políticos. Un buen policía, pero de esos que carecen de espinazo, de los que van con el viento.

—Juan, vas a tener que volver a los ruedos.

—Ni loco.

—Hay una chica en la fiambrera.

—Yo no soy policía.

—Te estoy ofreciendo la rehabilitación. El caso es una golosina.

—Que no. Prefiero ser alabardero.

Ya no había nada que tentase a JB excepto, acaso, la impunidad de un asesino; o por lo menos eso pensó el jefe de homicidios. JB se lo dejó claro:

—No sabes cuánto vacilé cuando fuiste al mesón. Creíste que era un muñeco. Ni siquiera me miraste, y yo era el alabardero. Lo siento, no quería que me encontraras, y me despinté.

—Si tú no llevas este caso, lo archivaremos.

—Como si os operáis.

El Jefe conocía su gran debilidad, una especie de obsesión porque se aplicara la ley. Tal vez eso es lo que le hacía tan antipático; rastreaba el terreno una y otra vez, interrogaba a los testigos después de cerrado el sumario, huroneaba, husmeaba, inquiría, registraba sin orden judicial, porque estaba convencido de que fuerzas superiores, privilegios secretos y corrupción política enredaban y oscurecían los casos para evitar que se averiguara la verdad y se cumplieran las sentencias.

Esa obsesión le perdió frente al abogado que lo empitonó. JB vivía atormentado por las sospechas de que la mitad de los asesinos están comiendo gambas. Cuando entregó la galleta y se dedicó a trabajar de extra o en la claque de los teatros, el Jefe sospechó que también buscaba setas para perseguir a las venenosas, como antes hacía con los criminales. Se lo soltó así la noche de la despedida, y JB recogió la indirecta. «Te voy a contar la verdad —contestó mientras se calaba el chapiri de pescador— ahora que todo se acabó. De chicos, los de mi barrio, en Vallecas, unos querían ser bomberos, otros toreros, otros aviadores y algunos policías; policías menos, porque los pobres y los obreros odiaban a los guardias. Yo era hijo de la dueña de la tienda de ultramarinos y tenía dos sueños: ganar el Tour de Francia o hacerme policía para descubrir a los criminales. No llegué más que a ganar la Vuelta a Vallecas y me metí en la Policía. No vine al cuerpo a detener a los rojos, atizar a los carteristas o a tirarme gratis a las putas, sino de verdad, a detener a los asesinos. Lo aprendí en el cine, en las películas de gángsters. Yo no iba con "los malos".» Mentía o no decía toda la verdad.

El jefe de homicidios sabía que JB se había ido muchas veces por la cara con las prostitutas y, efectivamente, había nacido en la calle de Montseny, de Vallecas; era hijo de la señora Demetria Belalcázar, emigrante de Córdoba, madre soltera de senos generosos, que había sido amante de un limpiabotas que durante la guerra se hizo miliciano con pañuelo rojo y negro y «paseó» a señoritos, curas y fascistas.

Se lo contó un confidente del Pozo cuando estaba en la Social: «Cuando entraron los nacionales, a aquel anarquista de voz de aguardiente que había dado tantos "paseos" se lo tragó la tierra o le dieron matarile en alguna saca. La señora Demetria le compró una bicicleta y le hizo ir a la iglesia. De niño, JB pedaleaba por el barrio de la China, y durante toda su vida iba buscando a un asesino.»

En un principio, JB aspiró a Berrendero, el escalador épico de Vallecas. Para otros, el ejemplo a seguir era Benito, el defensa, o Angelillo, el cantaor, o Mauro, el campeón de los moscas; para JB el ejemplo era Berrendero. Le siguió contando el confidente: «La madre, que fiaba a los emigrantes en su tienda-taberna, le compró una bicicleta de carreras, con cambio y manillar como los cuernos de una cabra; eso era un lujo en el barrio, donde los otros nos bañábamos en el fango del tejar y robábamos los melones jugando al rugby, pasándonoslos desde los camiones unos a otros. Mientras los demás observábamos cómo las chinches asistían al entierro del piojo muerto, la Policía llegaba en busca de carteristas, y los ponían a todos con las manos en la pared y se llevaban a alguno. También detenían a los chicos que se subían al tope de los tranvías, les aplicaban los "tres veintiocho" (tres veces veintiocho días) en Yeserías y les cortaban el pelo. JB, desde el almacén de coloniales, nos veía volver de coger colillas en el metro o de buscar carbonilla en las vías del ferrocarril. Algunos tenían a sus padres presos; él no conocía a su padre.»

El jefe de homicidios se explicaba muchas cosas de la conducta de JB, aunque nunca comprendió su resistencia a entrar en la Social.

La señora Demetria cortó rajas de mortadela con una máquina de cuchilla redonda de acero hasta que murió, y JB llegó a ser una figura, no del ciclismo, sino de la brigada criminal. El Jefe, mientras marcaba en el inalámbrico, dijo:

—Insisto: vamos a archivar.

—¿Y eso?

—Me temo que el caso ha prescrito.

—¿Cuándo prescriben ahora los asesinatos?

—A los veinte años.

—Entonces sólo quedarán los huesos.

—Te equivocas. La chica parece que ha salido de la ducha. Mejor dicho, parece salida de una fiesta, lleva un vestido rojo de una sola pieza, tiene a su lado unos guantes como los de Gilda y un bolso de pedrería. Tal vez iba a una fiesta, pero antes la mataron. Está radiante, maquillada, con los ojos entreabiertos.

—Eso es imposible.

—Lo que yo te diga.

—¿Quién llevaba el caso?

—Los de la Científica, y no dan pie con bola. La chica era para ti.

—¿Y el ropón?

—El Media Hostia.

—Paso, paso.

—Es un buen juez. No es de los que putean. A ti te cae mal por rojo.

—Te equivocas. No me cae mal el Media Hostia. No se deja tocar.

—De acuerdo. Hay buen juez y un buen caso. Me parece una lástima que lo archivemos como manda la ley.

—El Media Hostia no es de los que archivan. ¿A los veinte años prescriben ahora los delitos?

—Lo he mirado en la Constitución.

—¿Tanto hace que murió?

—Yo creo que hace veinte años.

—Sería una de esas pingas de caballo y calimocho.

—Entonces no te hubiera llamado. Estamos ante una verdadera estrella, con catorce puñaladas. Ahí hay pasión, champán y una fiesta.

—¿Qué quieres decir?

—Aun después de veinte años conservaba restos de champán y de hass en el estómago. Iba vestida de rojo, con la espalda al aire, y llevaba un bolso de pedrería.

Nadie mata de catorce puñaladas a alguien que le es indiferente. Se lo había dicho muchas veces al Jefe:

«Hay una regla de oro: muchas cuchilladas indican celos. También el estrangulador suele actuar por celos, pero sólo en estado de excitación. El que mata y remata, metiendo una y otra vez el cuchillo, con premeditación y saña, es que quiere que la víctima no vuelva a serle infiel.»

—Hay pasión a tope, por eso te he llamado.

—Que no, que no.

—Este caso no es para policías de ordenador.

Era otra manera de entrarle. JB detestaba a los jóvenes de los análisis, con sus coca-colas y sus tubos de ensayo, sus jeroglíficos de ADN, los cabellos y las fotografías, los dibujos de tiza.

—Después de quince días —bromeó JB— habrán convertido a la víctima en un programa.

—Sí, sí. En el disco duro han escrito hasta la composición de las células. Pero al final se les ha hecho la picha un lío.

—¿Saben quién es la chica, por las huellas?

—Sí.

—¿Qué dicen los dedos?

—Que la muerta vivió en Madrid. Sus datos estaban guardados en los archivos de la comisaría de la Luna, en el distrito del Centro. La Interpol confirmó por fax el nombre, el lugar de nacimiento, la nacionalidad; pero no concordaban algunos datos recogidos en el entorno del cadáver con el despacho del extranjero.

El Jefe, al que se le veía la pistola del sobaco —ya no la llevaba en el calcetín—, seguía mirando a la gitana y acordándose de su hija. Resumió:

—Nadie es capaz de casar los datos con las hipótesis. Es tu turno, Juan. Hay que coger de la nuez a ese hijo de puta.

—Ni ebrio, ni mal dormido.

Era la letra de un tango que recordaba siempre.

—La muerta —dijo el Jefe— tiene cerca de cincuenta años, pero se conserva muy bien muerta. Sólo sabemos el nombre: Dúrsila Nézval, checa, azafata de aeropuerto. Piernas mal depiladas, típicas de país ex socialista. Y el cadáver de Dúrsila Nézval, según los cabezas de huevo, no tiene más de treinta cuando debería ser una abuela.

—¿Y dónde está la clave?

—En que la mataron, tal vez, hace veinte años.

—Y te cuento cómo estará: el cráneo desprendido de la columna, los cabellos se deshacen como si fueran de ceniza; no queda más que un esqueleto con ropa y zapatos.

—Te equivocas, la chica está como una manzana.

—Imposible.

—Quince días después del levantamiento del cadáver, han hecho la necroseña, han catalogado el polvo, los flujos, la sangre, el cabello, las heces, y ella sigue bien, por lo menos en lo que respecta a la parte superior de su cuerpo; sólo se le ha descompuesto el vientre.

—¿Cuál es la hipótesis?

—Tenemos todo, menos hipótesis. Vamos a archivar.

Era uno de esos últimos días claros de otoño, y JB aceptó el caso.

El jefe de homicidios sacó un paquete que contenía

un cuaderno con la tabla de multiplicar, el que en sus buenos tiempos JB utilizaba para anotar los datos que iban surgiendo a lo largo de la pesquisa.

JB no aprendería nunca. Cuando ya había logrado desengancharse del trajín de la investigación criminal, donde cada caso era tan devorador que llegaba a acosarle hasta la angustia, volvía a encontrarse en mitad de la pista. El Jefe pidió otro whisky; no se atrevió a tentar a JB. Éste dijo:

—Un café con leche.

Ya iban tres. Cuando JB pensaba que nada le atraía tanto como buscar setas de cardo por los parajes remotos, lejos del griterío y de la prisa de la gente, y andar por la ribera de los ríos con los pantalones de pana, presenciar el agua tan verde y entrever las truchas, seguía, sin quererlo, obedeciendo a un jefe que siempre le enredaba. Pero extrañamente, esta vez no se arrepintió, como en otras ocasiones, de no haber sabido decir no.

Cuando se enfrentó en el Anatómico con la que con toda seguridad iba a ser su compañera en los próximos meses, sintió una curiosidad especial. Había visto muchas chicas destrozadas en el depósito, pero aquélla le resultaba especial. Tenía toda la razón el Jefe: allí yacía una mujer tronchada, sobre la losa de pizarra, sin nadie que la echara en falta, insepulta, no incinerada ni enterrada, pidiendo una limosna de justicia.

Era una persona anónima, sin nombre, sin edad, sin nacionalidad, aunque el Jefe le hubiera indicado que era checoslovaca. «Ni siquiera checoslovaca, porque durante su desaparición ha perdido la mitad de su patria y el sistema en donde se ha criado. Al morir lo había perdido todo, hasta la identidad.»

Lo primero que pidió JB es que viniera el sacerdote del hospital cercano, lo que excitó la ironía del forense, que a pesar de todo le acompañó en un breve responso. JB trajo de la floristería más cercana un ramo de crisantemos. El cura recitó una oración: «Los días del hombre son como la hierba; como flor del campo, florece. Sobre ella pasa un soplo y ya no existe. Su ramaje se ha marchitado antes de tiempo y sus ramas no reverdecerán.»

Mientras el sacerdote cerraba el libro y echaba unas gotas de agua bendita con el hisopo, JB pensaba que tendría que hacer algo más que elaborar un relato lógico partiendo, como siempre, de hechos contradictorios: tendría que recuperar la vida de aquella mujer que aún no descansaba en el tiempo.

Se bajó el ala de pana del chapiri y, cuando entraba en el supermercado de su barrio para proveerse de alimentos para una larga temporada, volvió a ver a aquella mujer aún no cubierta ni por la tierra ni por la ceniza. Luego subió a su casa, encendió la televisión para ver un partido de la Copa de Europa que jugaba el Atlético de Madrid, su equipo de siempre. De niño se sabía hasta los nombres de las mujeres y de las novias de todos los colchoneros. El campo de fútbol para él era un poco su casa, el césped su verdadero jardín, las gradas su cuarto de estar.

No tenía nada en la nevera excepto un bote de leche condensada. Al llegar a casa, la llenó con la compra del supermercado. Ordenó las cosas. Se hizo uno de sus bocadillos favoritos de atún con cebolla, se recostó en la cama y bajó el sonido para ver el partido sólo en imágenes.

Se iba a guiar por su olfato, sin despreciar los datos que hubieran aportado los de la Científica.

Se durmió con gran optimismo, ya que se había ganado el partido por la mínima; a primera hora de la mañana, volvería al Anatómico para reconocer con más detalle a la mujer muerta.

CAPÍTULO V

LA CHICA ESTÁ COCIDA

JB entendió que empezaba una partida contra la amnesia y contra el tiempo.

Si a los veinte años habían prescrito, como aseguraba el Jefe, las catorce puñaladas de seis pulgadas que le habían infligido a aquella mujer que ninguna patria o familia reclamaban también habían prescrito ideas, costumbres y modas que habían estado vigentes entonces. Había prescrito un régimen político que se basaba en un general que nunca se moría, habían prescrito las ideas que trajeron otros viejos que regresaron del exilio, se habían marchitado los claveles de las revoluciones y los senos de las mujeres que embellecían las costas desde Baleares hasta Canarias.

El veterano Richard, que le había instruido en la teoría de la cebolla, también le aseguró en sus comienzos de policía: «El paso de los años es una riada que, al retirarse, va dejando al descubierto los muertos y los testigos. El tiempo desvela el misterio de algunos crímenes y oculta otros para siempre, pero casi nunca castiga a los culpables, no sólo porque prescriben los delitos, sino porque desaparecen o se olvidan los asesinos, los testigos y hasta los investigadores. Pero el tiempo tiene un corazón interior y habla sin que le preguntes.» Se lo había dicho todo eso Richard, antes de que le mataran en un atraco; también le había avisado de que en su profesión los que no son duros no aguantan mucho tiempo vivos y que la memoria y la perspicacia son imprescindibles.

El Jefe acertó al anunciar que la mujer había muerto hacía mucho tiempo. Parecía, efectivamente, que acababa de salir de la ducha y era de cuero curtido. Se la mostró en el Anatómico y le dijo:

—Báilala.

—No pienso contarte nada hasta que tenga alguna idea aproximada de lo que ocurrió.

—Ya no tienes un jefe que te exija conclusiones precipitadas.

—Eso espero.

—¿Qué más necesitas?

—Memoria. Es el tiempo el que oculta las pruebas.

—Sí. El tiempo puede ser uno de los asesinos, y el portero se llama Pavana. Esa loca es la que robó una trinchera Burberrys Look de color amarillo del cuarto donde estaba la chica. Averigua por qué.

El tiempo es el asesino, pensaba JB mientras se marchaba.

Aquella mañana, otra vez desdibujada por la niebla del otoño, iniciaba la búsqueda de las huellas borradas de unas personas que, posiblemente, se habían escondido en el almanaque; volvía a la investigación criminal cuando había perdido aquella prodigiosa memoria que tanto le sirvió en el pasado; el alcohol le oscurecía ahora los rostros, los colores, los sucesos y las fechas. No era ésta la primera vez que tenía que recurrir al cuaderno de notas con la tabla de multiplicar; desde que se dio cuenta de que había áreas de su experiencia inaccesibles al recuerdo, se valía de ardides para hilar los datos; reinventaba la vida.

El Jefe, al despedirle, le recomendó con sarcasmo que se aprendiera otra vez de memoria los reyes godos. JB se fue pensando que más le valía que se olvidara del Jefe cuando éste cazaba a los que luego habían llegado a ministros; pero esto era muy frecuente en Madrid, adonde llegan todos los oportunistas y donde la principal industria es el poder.

La idea de volver a su trabajo le excitaba, y emprendía la investigación con menos pereza que en otras ocasiones. La vida es más larga que la curiosidad y, sin embargo, en este momento, volvía a su oficio con la pasión de sus primeros tiempos. Ya no aguantaba las películas policíacas en televisión, ni siquiera leía las secciones de sucesos de los periódicos; se limitaba a comprar los diarios deportivos, pero el Jefe, que sabía trajinarlo, le había advertido que cuando acaba la curiosidad es que llega la muerte; comprendió que le decía la verdad.

Se había perdido en las últimas semanas por los vallejos de Albarracín, dormía en un mesón que carecía de luz eléctrica, volvía por la noche, agotado, con los cabellos llenos de espliego y briznas de sabina, con heridas de zarza en las piernas; descubrió que hay pocas cosas tan completas como una buena lumbre y, dejándose llevar por la naturaleza, encontraba un extraño bienestar. Pero desde que perdió a su madre, que le había cuidado como a un niño hasta el final, se encontraba perdido, se había hecho más taciturno; nunca olvidaba que, en la agonía, ella le preguntó desde la UVI si se había puesto en el pecho el vaporizante Benessat, el ungüento contra las irritaciones nasales de los tiempos de la República.

No había nada en la ciudad que le atase a ella, sólo le quedaba alguna emoción para los partidos del estadio del Manzanares y para pegar tiros a las perdices, pescar truchas por los ríos altos o buscar setas y caracoles. Aquella mujer yaciente, marchita, pero joven, le había provocado la curiosidad de los buenos tiempos, cuando entablaba con las víctimas una relación de dependencia; los veteranos de la brigada creían que JB destacaba entre todos ellos porque se metía en la piel del asesino; llegaba a tal grado de identificación que utilizaba su mismo método de deducción y enmascaramiento. «Piensa como un auténtico criminal, por eso los caza —decía el Jefe con sorna—; echa por todas las partes los cebos, juega con los homicidas una partida como esos presos que juegan con los colegas de cárcel a cárcel.»

Otros, para hacer memoria, repasan las amantes; JB recordaba las mujeres con las que había vivido una relación muda, apasionada, de mutua confianza: a todas las había encontrado en el depósito de cadáveres o en esos lugares imprevisibles donde aparecen las asesinadas, desnudas y con los cuerpos mutilados.

Cuando había repasado a las víctimas, empezaba la ronda de los asesinos. Al iniciar la búsqueda sospechaba de todos los que iban apareciendo en la trama, y sabía, por experiencia, que cualquiera, a una hora señalada, impulsado por las circunstancias o tal vez por el destino, podía convertirse en asesino. Para JB, según pensaba el Jefe, el crimen era el destino, y el destino conduce a quien se deja llevar, y a quien se resiste, lo arrastra. Al final, siempre le enredaba con sus halagos y sentencias.

El forense le explicaba aquella mañana la incorruptibilidad milagrosa de aquella a la que dedicaría tanta atención como si tuviera relación de parentesco.

—No, no es una virgen, ni un cuerpo incorrupto. Porque en la parte inferior de su cuerpo sí que se han dado todos los fenómenos de la putrefacción.

—Pero es imposible que esté así la cara si ha muerto sólo hace tres semanas.

—La cabeza del cadáver se ha conservado relativamente lozana por un proceso natural de embalsamamiento. Parece una astronauta. Creo que si le diéramos una copa de aguardiente abriría los ojos.

A JB no le gustó la broma y preguntó con dureza:

—¿Qué pasó?

—Se desecó no sé por qué coño. Se sucedieron los fenómenos típicos de la momificación, como si le hubieran puesto aceite de cedro. Lo extraño es que nadie la ha deshidratado, nadie la ha macerado, contiene sus vísceras, y sólo éstas están deterioradas, pero no el rostro, ni el cabello. He pedido permiso al Media Hostia para investigar sobre esos restos con los estudiantes de la universidad. Estamos ante un caso excepcional.

—¿Dónde estaba?

—En un cofre, envuelta en una alfombra. Para conservar los cadáveres hay que purificarlos, llenar de resina las cavidades viscerales, envolverlos en hilo fino. Así se hacía en el pasado; ahora ya no se usa el natrón de los oasis, ni la carcoma de pino, sino otras sustancias químicas que utilizaban los egipcios, pero el sistema no ha variado en lo fundamental.

Si era cierto lo que explicaba el forense, si en verdad la mujer asesinada se había conservado como una momia, habría razones objetivas, que averiguaría.

—Lo malo —siguió diciendo Armando— es que aquí no han escrito, como al lado de las momias, menciones, ni títulos, ni detalles de la vida de la mujer.

JB sabía que el forense se equivocaba porque en las huellas y orificios del cuerpo, en los objetos corporales que hay alrededor de los cadáveres, en las motas de polvo, en las manchas de las paredes, están escritos todos los datos; lo importante es saber leerlos.

Miró el cabello largo y dorado, la frente petrificada de la víctima; se adivinaba su dentadura perfecta. El vestido de un falso terciopelo rojo ya cubría su sexo, pero se notaban sus hombros, sus brazos, su cuello, con una extraña redondez.

—Insisto: ha muerto hace mucho tiempo.

Los dos escrutaron el cuello blanco de la víctima, apenas oscurecido por unas manchas verdosas. Estaba sobre la camilla, como el pan del horno. La habían sacado de un departamento de latón. JB pensó que era imposible que hubiera muerto mucho tiempo atrás, ya que no se había esqueletizado; el pelo era el de una virgen de pueblo, y las manos, de madera; no se notaba ninguno de los síntomas de la putrefacción; el cráneo seguía unido a la columna, y no se habían hundido los globos oculares.

—Es casi un fósil.

—Pero ¿qué explicación tiene?

—Ninguna. Lo cierto es que está cocida.

—¿Qué quiere decir?

—No sé si sabrás que los cruzados hervían los cadáveres para repatriarlos y darles sepultura cristiana.

—Hablas de mucho tiempo. ¿Cuánto?

—Yo creo que ha fallecido hace unos años.

Coincidía con la impresión del Jefe, que llamaba soplapollas al doctor. JB conocía a ese médico y se fiaba poco de sus teorías extravagantes. Habían estado muchas veces declarando juntos en los juicios y se habían visto durante treinta años en trances como éste. Era también embalsamador. Los abogados, para asustar a las letradas y magistradas novatas, les contaban que el forense de purísimos ojos azules y melena de profeta copulaba con los cadáveres.

Corría por los juzgados la noticia de que el doctor Armando suministraba cuerpos a una secta que practicaba ritos con los muertos, y que a los estudiantes que le caían bien les regalaba cabezas de mendigos para que experimentaran con ellas.

JB no creía todas esas fantasías necrófilas, pero le desagradaba su lenguaje pedante, y se enfureció cuando comparó la anatomía de aquella persona con la de un cerdo. En cuanto a la leyenda del embalsamador, JB sabía que era sólo una manera de completar los exiguos ingresos como forense; las familias ricas le pedían que maquillase los cadáveres y los pusiera elegantes para ser recibidos por el Señor.

—Estamos ante un caso excepcional, tan excepcional como un tartufo *bianco.*

El forense, también aficionado a las setas, habló para convencer a JB de la seta blanca, que llegaba a costar cuarenta mil pesetas.

—La mujer no tiene más de veintiocho años. No ha sufrido ninguno de los achaques de la muerte. Se ha mantenido en la nieve o hervida. No ha sufrido la fermentación bacteriana. En el lado derecho del abdomen no se ve la típica mancha roja, aunque la otra parte del vientre sí se ha podrido. El cadáver no se ha desfigurado. Ni se le ha despegado la epidermis. Tiene restos de semen en el recto, lo cual indica que, antes de asesinarla, la penetraron por detrás, al estilo del marqués de Sade.

—Ya empiezas con tus pedanterías.

—No son pedanterías, sino términos siquiátricos. Yo no dije, como diría el divino marqués, que una muchacha puede conceder más de un favor y con ella se puede festejar a Venus en más de un templo. El sadismo ya es un término tan científico como literario. Qué quieres que diga, ¿que le dieron por culo? Sería una ordinariez.

El doctor Armando siempre decía esas cosas sucias y atractivas que a JB le hacían cavilar. «El amor —comentaba mientras repasaba las fotos de la muerta— es la cosa menos natural del mundo, y el deseo, el motor del universo.» JB se acordó de aquellas mujeres del 78, que cuando el cambio salieron de la oscuridad del tiempo con culos de chico, ropa de casulla y relojes de colores; ya era tarde para él, que sólo se consolaba con las prostitutas y el flamenco del amanecer.

CAPÍTULO VI

—

DESEMBUCHA, PAVANA

Cuando JB salió del Anatómico, compró el periódico deportivo y se dirigió en su jeep de color ceniza hasta la casa del barrio de Chamartín. El jeep, un poco destartalado, no le parecía el coche apropiado; el pequeño todoterreno del día H, idóneo para sus excursiones por el campo. «Canta mucho en la ciudad», le comentó el Jefe después de ofrecerle un coche de la brigada. Pero JB no deseaba vehículos oficiales, ni siquiera quería que la gente supiera que seguía perteneciendo al cuerpo de Policía.

Cuando circulaba por Castellana arriba, entre el embotellamiento típico de las vísperas de Navidad, iba pensando que estaba metido en un caso acabado, al que le habían dado carpetazo; carecía de pistas, no había ni un sospechoso, el asesinato parecía haber sido cometido mucho tiempo atrás; de hecho, iba a trabajar casi clandestinamente, pero tenía el convencimiento de que siempre dejan alguna señal. La señal no es necesariamente un descuido, sino algún detalle de provocación, vanidad o coquetería inconscientes.

Otro de los factores que contribuyen al éxito de una investigación es la suerte, por supuesto. Y como un golpe de suerte consideró JB que el conserje y telefonista que guardaba el cuadro de las llaves y que vigilaba los buzones de la correspondencia de los vecinos del edificio donde se encontró el cuerpo fuera la Pavana, figura de la vida y de las noches, con su gran anillo arzobispal; un portero sin uniforme y sin gorra de almirante que había robado una trinchera Burberrys Look.

La Pavana vio a aquel viejo y contaría después al Panadero que llegó el poli tan largo y tan pálido como un muerto. Uno más de las decenas que habían ido al edificio desde el lunes anterior, y la Pavana no reconoció a JB, aunque lo había frecuentado cuando detenían a la gente sin causas y sin pruebas. JB sí que se acordó de la Pavana, traficante de grifa en los sesenta, travestí flamenco, afgano en los ochenta, bandarra, puto, guitarrista de flamencos, fichadísimo siempre por cosas pequeñas. Ya estaba limpio porque se quemaron las fichas, pero a JB no se le despistaba un gomita, y quería saber por qué se había llevado la trinchera amarilla y si tenía alguna relación con el asesinato.

—Desembucha, Pavana.

—No tengo el gusto.

—¿No te acuerdas de los viejos amigos?

La Pavana conocía sus derechos.

—Sí, de cuando te mondaban y te guardaban por la cara.

JB no le enseñó la placa porque carecía de ella. La

Pavana entendía, y muy pronto recordó quién era y el mal vino que tenía cuando lo llevaban en la lechera a la comisaría del Centro; este policía no iba de estupefacientes, pero siempre echaba una mirada a las locas y a los drogotas.

—¿De qué va esto?

Con este madero de ojos pequeños y mirada venenosa, ni una broma, pero se le escapó la pluma:

—Esto es una galguera, James Bond.

Se conocían de la noche y de algunas juergas flamencas que frecuentaba JB cuando bebía, solo, en la barra del tablao, donde iban japoneses y otros extranjeros a ver a la Pavana y a otros vestidos de mujer que se arrancaban por viejas coplas; también le había visto en las ventas de la madrugada, donde dan de comer lentejas y pollo con tomate, siempre solo, o con alguna putilla que levantaba en los bares de alterne, no por la pinta, sino porque era de la Policía.

A los pocos minutos de charla, la Pavana ya había arrancado algunas sonrisas del policía; charlaron de fútbol, y el guitarrista le habló de un jugador negro que tenía el alma verde y del bético que estaba en la UVI, recién salido de un infarto, y le preguntó al amigo sevillista que le visitaba por el resultado del Betis-Sevilla, sabiendo que habían ganado los béticos: «Entonces, el amigo le preguntó al enfermero: ¿usted cree que podrá salir por aquí el ataúd?»

La Pavana confirmó a JB que andaba sin tabaco.

—Ya no hay fiestas, y no tengo edad para andar de acerero o vendiendo algodón.

JB, inesperadamente, le miró a los ojos con fijeza.

—Pavana, lo siento, pero te voy a poner las pulseras.

—Tendrás que explicar por qué.

—No está bien quitarle la trinchera a una muerta.

—La trinchera era mía.

—¿Una Burberrys Look con forro desmontable?

—Exacto.

—Nunca te vi con ella.

—Porque llegabas ciego al tablao.

La Pavana sabía que JB no era uno de aquellos hijos de puta que aplicaban el «frac» en los interrogatorios, y también sabía que por llevarse una trinchera no lo iba a esposar. Buscaban a un asesino.

—Ya no soy periquero, y no me va a asustar. Aquí tiene mis manos.

—¿Qué sabes de la chica?

—Sólo la vi a la luz del mechero.

—Haz memoria, Pavana.

—Me suena muy lejana…

—Paró aquí.

—Tal vez. Pero hace muchísimo tiempo.

—¿Extranjera?

—Por supuesto.

—¿Puta?

—No. Era divina, una escultura.

—¿Cómo ha reaccionado la gente del edificio?

—Alucinan. Lo que pasó fue muy fuerte, y todos han bajado a los cuartos oscuros, creyendo que iban a encontrar en cada cuarto un muerto.

—¿Qué clase de personal vive por aquí?

—Hay de todo: huecas, reinonas, macarras. La inquilina del primero B, a la que corresponde el cuarto trastero, es una viuda forradísima que tiene más años que Imperio Argentina. Se llama doña Angustias y es madre de un fiscal que le trae pasteles los domingos. El fiscal tiene un plumazo de no te menees.

JB pensó que los homosexuales ven maricas por todas partes y ordenó a la Pavana que cogiera la llave para ir al trastero.

—El trastero está precintado.

JB insistió. No podía esperar la autorización del Media Hostia porque éste, tal vez, le podía prohibir la investigación y, además, le gustaba la idea de hacer el trabajo con cierta clandestinidad.

Bajaron al piso –1, donde había una larga hilera de cuartos oscuros, con un pasillo carcelario y unos anchos tubos de calefacción que atravesaban los trasteros por la parte superior.

Mientras la Pavana le contaba que los de la Policía se habían llevado la sábana blanca y allí no quedaba nada, JB estaba con la mirada muy atenta en el tubo de la calefacción, junto a la ventana de ojo de pez o de buque.

—¿Por qué está tan cerca la calefacción de la ventana?

—Porque el techo está inclinado. Este cuarto es el último del pasillo, y le roban espacio los muros.

—No sé cómo no hubo algún incendio.

—Lo hubo, pero no en este cuarto, sino en el de enfrente, que está lo mismo.

Se habían llevado la sábana blanca, según decía la Pavana, pero no se habían llevado lo más preciado: las botellas de vino viejo; aunque JB había chupado siempre whisky, sabía apreciar un buen vino.

—A doña Angustias la ha traído aquí el fiscal para que esté cerca de una clínica geriátrica, y de ahí viene la enfermera todas las noches a cuidarla.

—¿Cómo es doña Angustias?

—Una gran señora, de las que ya no hay.

A JB le tenían pasmado la cercanía entre la ventana y la calefacción y el hecho insólito de que el cofre donde había yacido tanto tiempo la chica estuviera tan cerca. A la bicicleta fija no le vio significación alguna.

Después de registrarlo todo, de desechar carpetas, cuadros de caballos apiñados, mesas patas arriba, cestas, alfombras, encontraron la trinchera Burberrys Look de color amarillo. Estaba debajo de uno de los sillones del tresillo burdeos.

—Milagro, apareció la trinchera.

La Pavana no parpadeó.

—Mi paisana alucinó. No pudo ver la trinchera.

Pero JB sabía que el chubasquero amarillo había sido repuesto por la propia Pavana. Lo sabía porque los de la Científica habían puesto en el cuarto una cámara de vídeo invisible que había seguido el momento en el que la Pavana dejó la prenda debajo de uno de los sillones del tresillo burdeos. Los de la Científica seguían el viejo tópico de que el asesino siempre vuelve al lugar del crimen. JB se hizo el tonto.

—¿No te asusta el amarillo?

—Es ruina.

JB ya había cogido algo de uno de los grandes bolsillos de aquella trinchera: era un estuche cuadrangular, un pastillero de plata. Mandó a la Pavana a buscar una linterna y entonces abrió la cajita, que contenía diecisiete pastillas muy pequeñas y un número de teléfono.

—No sabía que tomabas pastillas antibaby, Pavana.

—No me vacile.

Los de la Científica, sin duda, habían analizado la trinchera después de que la depositara la Pavana, pero no habían descubierto ni las píldoras pequeñas de color marrón claro, casi beige, ni un papel de color rosa con un número de teléfono de siete cifras. Pensó en voz alta:

—Son unos capullos.

El número de teléfono empezaba con dos, y era de los tiempos de las Cruzadas. Pero JB intuyó que las cifras eran esos datos que los asesinos se olvidan de borrar, aunque el doctor Armando creyera que sólo los egipcios dejaban jeroglíficos al lado de las momias.

La Pavana volvió con la linterna, enfocó el chubasquero y siguió con su cara de aprensión y asombro.

—¿Qué te recuerda el chubasquero o la trinchera, Pavana? Haz memoria.

—Lo llevaba una chica que salía y entraba con el Jesucristo.

—¿Qué me dices?

—Lo que oye.

—¿El propio Jesucristo?

—Igual: pelo largo, ojos pardos, como si comiera sólo langostinos de Huelva.

Todo el mundo tiene un Cristo en la cabeza: el de los cuadros, barbado, perfecto, el vagabundo con una prenda de camello sujeta a la cintura; el de JB era el de Medinaceli, con sayo morado, espinas reales y gotas de sangre de color bermellón; el de la Pavana, el Cachorro, gitano agónico nacido en Triana.

—Pero éste no había nacido en un portal. Su padre era embajador. El Jesucristo vivía con una chica de Cádiz, pero como el Jesucristo era más caliente que las pistolas del Coyote, también se lió con la checoslovaca.

—¿Y por dónde anda?

—Ni idea.

Al despedirse del portero, JB le pasó a la Pavana el mensaje mudo de que la única manera de olvidar que se había llevado la trinchera era colaborando con él. Por la radio, los noticieros escupían datos nuevos, y los periódicos informaban de que Dúrsila Nézval, checoslovaca, azafata de aeropuerto, de unos cincuenta años, había sido asesinada de catorce puñaladas.

JB no hizo caso alguno de las fantasías del diario que, al no explicarse el estado de conservación del cadáver, y al estar rodeado el hallazgo de datos contradictorios, sugería que podía tratarse de una aparición, incluso de una extraterrestre. Conducía el jeep por la autovía que le llevaba a lo que ahora los pedantes de la Científica llamaban una «autopista de la información».

En una central de datos, con trabajadores con guardapolvos blancos, consultó con los expertos, que le tradujeron un número de teléfono viejo a la actualidad. En un principio, las cifras no coincidían con las contemporáneas; pero aquellos extraños cibernautas le dieron el número reconvertido. «Ese número pertenecía a una clínica de Carabanchel; ahora esa clínica está en la plaza de Santa Ana, con este número nuevo.»

Salió apretando fuerte el pedal mientras la radio informaba sobre el cuerpo que habían encontrado hacía unas semanas en el cuarto trastero. «Las circunstancias de la muerte han dejado atónita a la Policía. El juez que levantó el cadáver se quedó sorprendido del estado de conservación. El caso recayó en el Grupo de Homicidios, pero está rodeado de extrañas circunstancias.» Sonrió al escuchar las palabras que él había dicho al Jefe y que ahora éste repetía para que los periodistas no inventaran una historia de ciencia-ficción: «Las quince puñaladas no las ha dado ningún marciano; denotan el ensañamiento propio de un crimen pasional.»

JB consideraba un triunfo que los de la Científica no hubieran encontrado el pastillero, y se fue pensando que llevaba en su bolsillo un teléfono con el que podía llamar al pasado.

Tres días después, JB llamó a la Pavana y le informó de que había conseguido algún dinero para él si le ayudaba en la investigación; quedaron para cenar en un restaurante de la Cava Baja en el que hacían muy bien las gallinejas; los dos comían esas cosas abominables que les gustan a los del Foro.

JB aprovechó la mañana para llevar la ropa al tinte. Se fue de paseo por las tiendas de deportes para mirar una cucharilla nueva de la que le habían hablado. Luego atravesó la ciudad escuchando a Angelillo; había encontrado la cinta en el Rastro y la compró para llevársela a Albarracín, no sólo porque Angelillo era de Vallecas, sino porque le gustaba escuchar *Tengo clavadas tres cruces* y *El negro que tenía el alma blanca.*

Se tomó un café con leche en la cervecería Alemana ante la extrañeza del viejo Joaquín, el camarero al que conocía desde el tiempo en que paraba por allí, cuando bebía. JB iba detrás de unos asesinos profesionales, enviados por un cártel de Colombia, que ajustaron las cuentas a un picador que se había traído cocaína en la tripa de los caballos. Joaquín se sentó en el estrado de los testigos durante el juicio y desde entonces hizo amistad con JB; de hecho, los unía la soltería. Joaquín arrastraba los zapatos y ya no podía transportar la bandeja con cañas de cerveza y platos de gambas, pero aguantaba sin jubilarse; también como JB, había tenido siempre el convencimiento de que de joven es pronto para casarse y de viejo es demasiado tarde. Joaquín gastaba esas bromas del soltero: «El que se casa de viejo es como el cabrito: o palma, o se convierte en cabrón.»

Estaba haciendo tiempo para las cinco, cuando llegaría, según le había asegurado Joaquín, la ginecóloga Labanca, hija del doctor Labanca, que siempre tuvo la consulta en Carabanchel antes de que se trasladara a ese barrio de taurinos y de cómicos. Los toreros no contratados para la temporada americana iban por la cervecería para chatear y hacer tertulia con los viejos banderilleros que, según Joaquín, cumplen el dicho de que «a las putas y a los toreros, a la vejez os espero». Para hacer tiempo, el camarero le contó aquello otro de «cartel en la esquina, puchero en la cocina». JB veía desde el ventanal que habían desaparecido las viejas acacias de Santa Ana.

A las cinco en punto llamó a la puerta de la doctora; una enfermera le dijo que la clínica era de ginecología y, después de explicarse, JB fue recibido por una joven que se parecía a Maureen O'Hara y hablaba desde el ordenador. Era una mujer hermosa, alta de cuerpo, poderosa, pestañas largas, cabello castaño, mirada desdeñosa, feminista. No había terminado de deletrearle el nombre de la mujer que buscaba cuando la doctora contestó que efectivamente figuraba allí, entre los viejos pacientes de su padre, a los que ella había pasado al ordenador.

—Pero no puedo proporcionarle ningún otro dato sin permiso del juez.

—Acaban de quemar a una mujer con gasolina y luego ustedes protestan por la desidia de la Policía. A esta chica le dieron catorce puñaladas; por consiguiente, el asesino está por ahí suelto, y no necesita permiso del juez para entrar en un domicilio.

La convenció. JB sacó del bolsillo de la pelliza el cuaderno con la tabla de multiplicar.

—Esta paciente visitó la clínica del doctor Labanca, mi padre, el día 7 de diciembre de 1978, y tenía que volver un mes después, el día 7 de enero de 1979, pero nunca volvió, o por lo menos su visita no está registrada.

—¿Qué enfermedad tenía?

—Asintomática. Ninguna enfermedad.

—¿Por qué visitó al doctor?

—Porque quería tomar la píldora, y entonces se hacía reconocimiento de las pacientes, por si sufrían algún tipo de alergia o alguna otra contraindicación circulatoria o digestiva.

JB, palpando el estuche con las pastillas en su bolsillo, preguntó:

—¿Qué le recetaron?

—Neoginona.

—¿De qué tamaño y de qué color son?

—Del tamaño y del color de una lenteja.

—¿Como éstas?

—Puede ser. Están bastante deterioradas, pero parecen Neoginona.

—Perdone la indiscreción, pero ¿cuánto le cobraron?

—Nada. La consulta fue gratuita. Hay una nota que dice: «Enviada por Wenceslao Quinto (Amor Brujo).»

JB anotó el nombre en el cuaderno, entre signos de admiración.

—Si no sufría ninguna enfermedad, ¿por qué tenía que volver la paciente el día 7 de enero de 1979?

—Para comprobar si los ovulostáticos le habían provocado cefaleas, hemorragias, náuseas o dolores de tripa. Hoy ya no se usan esas pastillas, ni tampoco Enovid, Anovial, ni Lyndión.

—¿Cuándo empezó a tomar las pastillas?

—A partir del quinto día; si tuvo la menstruación el día 5, empezaría a tomarlas el día 10.

JB, mientras escuchaba a la doctora, echaba las cuentas. La chica había visitado al doctor Labanca el día 7 y aún le quedaban diecisiete pastillas, lo cual quería decir que interrumpió el tratamiento entre el día 21 y el 22 de diciembre, cuando los polleros descorchan champán porque les ha tocado el gordo.

En aquel preciso momento, JB decidió concentrar toda su atención en recuperar la anatomía del día 22 o el día 21 de diciembre de 1978. Era muy firme su decisión, hasta el punto de que no quería seguir el rastro de nombre alguno antes de reconstruir las horas de esas vísperas de invierno de 1978.

Haciendo memoria, recordó que debió de ser por aquel tiempo cuando se celebró el Campeonato Nacional de Pesca porque aún conservaba un cortafríos, que sacaba en los días de mal tiempo y que tenía la siguiente inscripción: «Campeonatos de Pesca, 1978.» Llamó inmediatamente a la federación y una señorita de voz de rata le leyó una circular, por orden de un guardia civil retirado: «El Campeonato Nacional de Ciprínidos se disputó en la localidad de Castronuño, en el río Duero, del 18 al 20 de mayo; el de Salmónidos, en Santander, en los ríos Viera y Asón, del 8 al 10 de junio; el de Casting, en Granollers, del 13 al 15 de julio; el Marítimo desde Embarcación, en Pontevedra, frente a las islas Cíes, en la segunda quincena de agosto, y el Marítimo desde Costa, en Castellón, del 12 al 14 de octubre.» JB sufrió un estado de excitación tan intenso que estuvo a punto de pedir una copa, se tomó un café con leche en una cafetería cercana al Bernabeu y mientras conducía por la Castellana hizo un esfuerzo de memoria y pudo recordar que en 1978 compraba revistas de desnudos. Le pareció que aquel año había veraneado con su madre en Almería, y allí vio por vez primera a mujeres con los pechos al aire en la playa; posiblemente, también allí usó por vez primera una tarjeta de crédito para pagar la cuenta del hotel.

Las cosas ocurrían a un ritmo endiablado; una de aquellas noches dejó a su madre en el hotel y se fue a un cabaret para presenciar el primer desnudo integral. Se acordó con mucho esfuerzo de su prisa por terminar pronto la investigación de un crimen que se descubrió en los ambientes de extrema derecha porque quería hacer una excursión a los Pirineos por Navidad; fue por eso que se acordó de que asistió al mitin de la plaza de Oriente el día 19 o 20 de noviembre, no porque él fuera un facha, sino para echar un vistazo a los «cachorros». Estuvo por allí entre niñatos de pelo hacia atrás engominado y cruces gamadas y viejos con banderas y uniformes paramilitares.

Cuando llegó a la cena llevaba dos fotografías: una de Dúrsila Nézval muerta y otra de Dúrsila Nézval tal como estaba en los archivos de la comisaría del Centro. Mientras llegaba la Pavana miró con fijeza a la Dúrsila casi adolescente, con unos zapatos blancos, sin medias.

La habían retratado no de frente y de perfil, como a los choros, sino de cuerpo entero, en muchas poses, recreándose en sus piernas sin medias, piernas un poco peludas pero soberbias. También le habían enviado el informe confidencial, que no se había destruido porque pertenecía al servicio de contraespionaje: «"Mi padre ve la televisión y mi madre escucha la radio. Me levanto y digo a mi madre: '¿Qué pasa?' Y ella me dice: 'Están los soviéticos en nuestras calles, hija mía.' Yo pensé que sería un chiste, hasta que oí los aviones. Era el día 21." Dúrsila Nézval declara que tiene veinte años, que ha nacido en Praga, que es de nacionalidad checoslovaca, que tiene el oficio de azafata de aeropuerto.» En las fotos donde está viva lleva una blusa blanca y un traje de chaqueta muy sencillo. «Ojos azules, piernas mal depiladas»; parecía como si los agentes que hicieron el informe quisieran recalcar que en los países del Telón las mujeres no se depilaban las piernas y carecían de desodorante. «Habla bien español, además de checo, ruso, alemán, algo de inglés, toma Coca-Cola y fuma Camel. Dice que en Checoslovaquia hay Coca-Cola, pero carísima. Cuenta que al amanecer del día 21 de agosto de 1968 oyeron ruido de aviones, levantó los visillos y vio tanques. Ella se vistió y fue rápidamente a la plaza de Wenceslao a ver pasar los tanques rusos. "Los viejos lloraban y decían: 'Todo está ocurriendo de la misma manera que el día 10 de octubre de 1938, cuando llegaron los nazis.'" Ella dice que habló con los soldados. "Me adelanté a un soviético y le pregunté: '¿Por qué han venido a Praga?' Y él me dijo: 'Hasta hace unas horas yo no sabía que estuviéramos en Praga. Pensaba que eran maniobras.' Había soldados convencidos de que habían invadido un país capitalista. Al otro día los soldados nos decían: 'Hemos venido porque iba a estallar en Praga una contrarrevolución.' Y nosotros les preguntábamos: '¿Por qué obedecéis sin pensar?' Pero ellos no necesitan pensar porque leen *Pravda*. En Bratislava un anciano gritó, cuando vio otra vez a los rusos: 'Habéis llegado para salvar al socialismo.' Todos los jóvenes hippies abucheaban a los rusos." Declara que antes de la invasión ella tenía un visado que la autorizaba a estar treinta días en España, en casa de la familia Ordóñez. El día 8 dice que se subió al tren, pasó por Cheb, Schiending, Nuremberg. "El visado me lo miraban los checoslovacos y me dejaban pasar. Los rusos observaban desde lejos. Yo pasé muchísimo miedo, pero pude franquear la frontera." Declara que ha venido a buscar trabajo, que sabe cinco idiomas y que podría trabajar en cualquier parte, en un hotel, en una oficina. Dice no creer en el comunismo y tampoco en Dios. "Muy pocos jóvenes checoslovacos creen en Dios. Sólo los ancianos van a la iglesia." Declara que ella no vio a nadie morir, aunque pasaban muchas ambulancias.»

JB guardó el informe y dejó en dos sobres negros, como los que dan para los informes de rayos X, las fotos de la chica para mostrárselas a la Pavana, que llegaba. Cuando las miró durante un largo rato se quedó impresionado.

—Era una belleza.

—Sí —contestó JB—, la chica tenía buena carrocería.

—Me acuerdo de las botas, botas Bond.

JB no quiso agobiar a la Pavana. Sólo le preguntó, mientras comían, si había averiguado algo referente al Jesucristo.

—Algo sé.

—Desembucha, Pavana.

—Sé, por ejemplo, que se ha casado con una pijísima y que ya no tiene la melena del Jesucristo.

—¿Por dónde anda?

—El padre es el dueño del piso; el portero, porque yo no soy portero, soy telefonista, le ingresa el alquiler todos los meses en el banco. El padre vivió aquí hace más de treinta años, cuando hicieron el edificio, y se lo puso a una chorba. Ya le dije que ahí viven chicas de la vida, de alterne y mantenidas. Y las que no, van de azafatas; también viven gusanos y sudacas. En el primero A hay un cantante de tangos que a lo que se dedica es a levantar minas, como él mismo dice; en el C, una chica a la que había puesto un piso el presidente de un club de fútbol; el D estaba deshabitado.

—¿Por qué doña Angustias quiso usar el cuarto trastero?

—Porque trajo sus propios muebles. No le gustaba cómo estaba decorado el piso, como un puticlub, con pieles de cebra y luces rojas.

JB quiso centrar la conversación en Dúrsila, porque intuyó que la Pavana decía menos de lo que sabía, y así se lo comunicó cuando trajeron el arroz con leche.

—Creo que tú recuerdas más cosas de las que dices.

—Me he acordado, por ejemplo, de que recitaba a Pushkin en ruso, y una vez que había bebido mucho champán me quiso convencer de que era rusa. Pero como te digo, estaba colocatis.

Insistió en que sus ojos eran eslavos.

CAPÍTULO VII

—

EL JESUCRISTO TENÍA UN TERREMOTO EN LA BRAGUETA

A los quince días de enrolarse en la nueva aventura de investigación, JB tenía ya dibujado el perfil de un sospechoso: se llamaba Jesús Aguilar Alonso. Los que lo frecuentaron en los tiempos pasados le llamaban Jesucristo. Los testigos consultados coincidían en decir que era de buena familia, lo que JB traducía a gente perteneciente a la clase acomodada, o tal vez a la casta. La Pavana atendía a JB al mismo tiempo que a las llamadas de los inquilinos, y cuando le preguntó por Jesús Aguilar, se frotó el anillo arzobispal, dio un respingo con sus cabellos tintados de henna, y quitándose los auriculares de las orejas insinuó:

—Gente de pasta. Sí. De mucho porte y de mucha pasta, pero más bien disolutos. Venían de Montilla. Al papá, aunque estaba ya muy cascado, le cabía el *Titanic.* Se lo encalomaba el chófer, y el Jesucristo tenía un terremoto en la bragueta.

JB escuchaba hablar a la Pavana y comprendía que la fortuna no regala favores, los vende, porque desde que le ofreció algún dinero para que hablara, éste largaba cantidad, aunque JB estaba convencido de que administraba como quería sus conocimientos y se guardaba información. La mano temblorosa por la edad y la bebida de JB iba escribiéndolo todo en el cuaderno, sentado al lado del telefonista.

—Pavana, en la cercanía del cadáver había un jergón que tenía atadas dos cuerdas de cáñamo, y también se encontró un látigo.

—Lo vi: un látigo precioso.

—¿Por qué precioso?

—Porque era el sueño de un marchoso.

—¿Jesús Aguilar iba de masoca?

—Pero con aspecto de ángel.

—¿Lo creías capaz de usar la fuerza, de dar latigazos, de atar a alguien al camastro?

—Lo creo capaz de todo.

—¿Y de matar?

—No lo sé.

—Hay muchas cosas que ignoramos. Ignoramos si alguien sintió atracción por el cadáver; ignoramos si lo embalsamaron y lo acicalaron con ese fin. ¿Crees a Aguilar capaz de todo eso?

La Pavana metió la clavija en uno de los números de la centralita.

—No me imagino al Jesucristo quilándose a una muerta.

JB había descubierto toda clase de impudicias y perversiones en su vida profesional, pero se quedó tocado cuando el forense insinuó que alguien pudo practicar el coito con el cadáver y que sólo el análisis de los espermatozoides podría señalar al culpable. Las huellas dactilares eran múltiples, heterogéneas, aleatorias; los espermatozoides, sin embargo, constituirían una prueba decisiva. El doctor Armando, en las sucesivas entrevistas con JB, reconoció que en el cadáver no se apreciaba ninguna de las señales del sadomasoquismo. El forense citó el *Kama-sutra* para decir que se entiende sadismo cuando se araña, se golpea, se muerde, y que ninguno de estos fenómenos se advertía en el cuerpo de la víctima; pero podría declarar en una sala que con toda probabilidad se había sometido a la víctima al coito, antes o después, eso no podía especificarlo, de haber hundido catorce veces el cuchillo en su cuerpo.

Al calor de la lámpara halógena y de las tripas de la calefacción que cruzaban el cuarto transcurrieron las horas al lado de la Pavana, que colaboraba con la ley con tanta afición como si ayudara a una diseñadora. Pero todas sus teorías y adivinaciones chocaban con el escepticismo del policía.

—Esto es un baño turco, Pavana. El calor y la humedad han borrado las huellas.

JB dudaba de que su improvisado ayudante hubiera sido el protagonista del crimen, pero sí estaba seguro de que manejó las clavijas del pasado, tal vez conocía la voz del asesino, tal vez presenció las entradas y salidas de la noche del crimen. El día 21 o el 22 de diciembre de 1978, la Pavana era portero de noche; en algún lugar recóndito y borroso de sus recuerdos estarían los ruidos, los pasos, los lamentos que rodean a un asesinato. Había que escarbar horas y horas en la falta de luz del cuarto y en la oscuridad de la memoria de la Pavana. Comieron unos bocadillos y tomaron unos cafés que les bajaron del bar hasta el piso del sótano, a ratos sentados en las banquetas que encontraron encima de los muebles amontonados y a ratos mirando con la linterna los rastros y los objetos más inverosímiles; hablaron de los personajes que iban surgiendo de la niebla y de la oscuridad; la búsqueda de no sabían qué los tuvo entretenidos, como si jugaran. JB no sometió a la Pavana a un interrogatorio; todo lo contrario, dejó suelto el sedal de la conversación para que pudiera hacer un esfuerzo de memoria. No intentaba que recordara nombres, historias, sino imágenes que se hubieran salvado de la amnesia.

—De Dúrsila Nézval algo recordarás. ¿Sacaba al perro? ¿Tenía la televisión alta? ¿Pedía aspirinas?

—Yo tengo memoria de grillo.

—¿Y qué recuerdan tu paisana y las otras mujeres de la limpieza?

—Poco más que yo. Rubia, pero no de bote. Odio a las rubias de bote. Tenía el culo de pandero, buena popa.

—¿Y del Jesucristo qué recuerdas?

—Era educado.

—¿Qué aspecto tenía?

—De puro guapo parecía maricón.

—Queda otra persona.

—Sí, la gaditana. Una araña.

—¿En qué sentido?

—Pécora.

—¿Bonita?

—Sí. Pero no era mi tipo.

—¿Y quiénes venían por la casa?

—Barbudos, canuteros, progres.

—¿Quién pagaba la casa?

—Papá.

—No me cuadra una piel de cebra y que fueran progres.

—También tenían el retrato del Che.

—¿Entrabas mucho en el piso?

—Hacia la medianoche me pedían copas. Otras veces acompañé al Jesucristo a buscar vino al cuarto trastero. Me he acordado hoy, cuando he visto esas botellas apiñadas.

La Pavana se atrevió a preguntar a JB:

—¿Sospechan de alguien?

—Los policías que llevaron el caso, al principio han elaborado muchas teorías, pero no han llegado a lo que ellos llaman una síntesis.

—¿Sospechan del Jesucristo?

—Sí.

—Cuentan que sólo usaba la cama cuando tenía gripe, y que le gustaban los números.

—Lo creo. ¿Cuándo irás a verle?

—Lo dejo para el último lugar.

Antes de llegar JB al caso, agentes de espionaje habían hecho el retrato sicopático del Jesucristo: sus anomalías, alteraciones de conducta, perturbaciones y depresiones. Según el estudio, a Jesús Aguilar sólo le provocaban excitación los actos de crueldad. Se enumeraron diversos episodios de humillación de las víctimas. Las tendencias sádicas podrían tener origen infantil, lo que confirmaba una historia relativamente conocida en el entorno del individuo. «Se inició sexualmente con la actriz que interpretaba el papel de Virgen de Fátima en una película de posguerra.»

—Pavana, ¿tú sabes lo de la Virgen de Fátima?

—Sí. Eso es un flas. El Jesucristo es hijo de un embajador y de una loca divina, actriz exiliada. Pero estaban separados; ya te dije que él iba de madre. El chico estudió en colegios peras, y como era una monada, una amiga de su mamá, otra actriz que iba a hacer el papel de Virgen de Fátima, lo impuso como pastorcito en la película una vez que estuvo por aquí de vacaciones. Cuentan que bajo un árbol de atrezo la actriz le hizo una mamada.

—¿Qué recuerdas de su padre?

—Ya te dije que traía chaperos y también chicas. Era muy completo.

—¿Vivía aquí?

—Esto lo tenía de picadero.

El Jefe confirmó que los agentes de espionaje habían controlado a la fugitiva desde que llegó de Checoslovaquia y también tenían fichada a la tribu con la que se juntó después. Le pasó también un informe del pasado sexual del Jesucristo: «Cuando no era ni siquiera un adolescente, la amiga de su madre le hizo una felación.» Habían orientado toda la investigación hacia un crimen sexual que según JB no cuadraba con la saña de las catorce puñaladas, típica de los celos. Todo lo anotó en el cuaderno: los gastos del teléfono en esa época, los recibos de la luz, algunas cartas viejas, algunas palabras perdidas y confusas. Pero JB no podía olvidar las uñas de vinagre, las cejas zurcidas de hilos de maíz, ni la indiferencia que había provocado primero su desaparición y después el hallazgo de su muerte. Todo el día acompañado de la Pavana en el cuarto trastero y sin quitarse de la cabeza la imagen de la mujer. Lo fisgonearon todo. No les desagradaba el olor a vino y a humedad. La Pavana vigilaba todos los gestos de JB y le extrañó que observara una y otra vez la marca del perímetro de una vasija que había sobre el libro de cocina que no fue retratada ni señalada por los investigadores. Era una figura casi esferal, una curva elíptica, rastro de algún objeto sobre el que había unos polvos, apenas visibles.

—¿Qué es eso? —preguntó la Pavana—. Parece una marca de vino.

—Es posible.

Era el sitio donde también habían encontrado el cuchillo de la matazón, el jergón, el látigo, el bolso de pedrería y los guantes. Los de la Científica no habían detectado ni la marca de la vasija ni los polvillos blancos, ni tampoco una página de periódico, con manchas de sangre reseca que JB consideró valiosísima. Así se lo dijo a la Pavana, que no llegó a comprender qué significado podía tener una plana de publicidad en la que no se veía la fecha porque la habían desgarrado por la parte superior. JB se la guardó con especial cuidado.

Recogió con un cortaúñas unas briznas del polvo blanco y la Pavana dijo:

—Puede ser nieve.

—Puede ser. ¿Esnifaban?

—Ya te dije que eran más bien de porro.

La Pavana se interesó por la página de periódico y JB se la mostró: anuncios de coches desaparecidos, chalets, masajes y saunas, «corporal, tratamientos especiales, diplomada», «belleza Anuska facial-corporal», «chalet, con parcela, 1 000 m^2: 1 410 000», «vendo acciones del Golf La Moraleja», «azafatas, señoritas guapas y distinguidas acompañan a caballeros, gran discreción», «ejecutivo: si estás en Madrid y precisas de un acompañante a muy alto nivel, para tu trabajo, tus obligaciones sociales o tus horas de relax...». La Pavana, para desviar la conversación del hallazgo que JB consideraba precioso, volvió a hablar de la muerta.

—Nadie preguntaba por ella, a pesar de que una revista publicaba un primer plano de la cara de la Astronauta.

—Me ha contado el doctor Armando que mueren cada día decenas de personas sin que sean reclamadas. Llegan como terneras agusanadas al Anatómico y nadie se interesa; hay mucha gente que estorba, y cuando desaparecen, dejan de estorbar.

—Pero ella es diferente, es una estrella que no ha perdido la luz después de estar muerta.

Se oyó un ruido. La Pavana chilló. Era la rata, la única que sentía la falta del cadáver: sesenta centímetros de longitud, hocico afilado, color avellana verdoso.

JB se fue a dar un garbeo por un bailongo donde le habían anunciado que podía encontrar a alguien que había conocido a Dúrsila viva. Cuando entró tocaban un bolero. El compás pausado y la oscuridad le incitaron a pedir una copa; se contuvo. Encontró al tipo. Era un camarero y cuando vio la foto dijo que le parecía recordarla de un garito clandestino en Florida, donde trabajó de portero.

—Juraría que estaba entre los gateros y las burlas. Pero no supo o no quiso dar más detalles.

CAPÍTULO VIII

—

LLEGÓ SIN BLANCA

A la mañana siguiente de la auscultación del cuarto y la larga charla con la Pavana, JB se afeitaba con una bacía de aluminio, hervía el té, escuchaba la radio, miraba por la ventana a ver qué tal el tiempo; era un día de invierno de luz sin niebla y no podía olvidar que a la mujer le habían crecido las uñas y el cabello. Pensó por vez primera en el culpable y dedujo que por lo menos ése o ésa sí estaría interesado por el hallazgo del cadáver que se cocía en el horno de latón. No le impresionó en absoluto la rata tan grande, verdadera liebre, que se había comido un pie. Las liebres, del color de las ratas, se comen los huesos de los muertos como las cabras devoran, entre mariposas negras, los matojos de los camposantos, donde crecen flores alucinógenas. Lo sabía él después de tantas exhumaciones, aparte de que se lo habían contado los enterradores; veía lógico que la rata saliera de la bocanada apestosa de la alcantarilla de la esquina hasta el cuarto trastero y oteara hasta descubrir el cuerpo después de una travesía por tuberías y sótanos.

La rata sí que era verdosa y asustó más a la Pavana y a la mujer de la limpieza que la muerta. Enjuagó la brocha, apagó el transistor, se lavó los pies en el bidet que utilizaba en sus tiempos Araceli y entonces sonó el teléfono y confirmó sus sospechas: llamaba el Jefe para decirle que guardara silencio sobre las investigaciones, que si era abrir la cesta de las serpientes, que los muertos llaman a los muertos; había estado a punto de no coger el teléfono, con el desdén del que nunca es llamado y también porque presentía el cambio de táctica, la orden de arriba.

—No sueltes prenda ni al Media Hostia ni a nadie.

—¿Qué pasa?

—Que puede haber mierda del Cuerpo.

—¿Se deja el caso?

—No, pero cremallera.

JB sospechó desde el principio que la chica podría ser una de esas que desaparecen porque nadie quiere encontrarlas; desde que llegó a la ciudad estuvo controlada por la Policía, y cuando desapareció, los testigos no la buscaron. El Jefe debió de intuir algo desde el principio. En aquel momento no le ordenaba que dejara el asunto; todo lo contrario, le pasó el nombre de Gallo. Apostaba fuerte por alguna razón que él desconocía porque Gallo era del clan del Jefe; si levantaba precisamente esa alfombra, podrían encontrarse sapos, la prensa pondría el ventilador y la Policía, a pesar del cambio de uniforme y de las proclamaciones democráticas del pasado reciente, no aguantaba una auditoría. Nunca le agradó Gallo, con sus corbatas italianas y sus chalecos de tahúr. El rey de las detenciones en los tiempos viejos parecía querer demostrar que los que mandaban no eran los mismos, pero era igual la función de la Policía. Nunca había dejado de ser una figura, cuando metía la pistola en los riñones a los del partido de los fusilados, y ahora, retirado de la primera línea, siempre en misiones de confianza. Lo conoció en la comisaría de Vallecas, cerca de la carretera de Valencia, por donde ahora se va al paraíso del peyote, para dar rosca al cuerpo, y a donde antes llegaban los destripaterrones con niños que lloraban. Gallo detuvo y hostió al cura que decía desde el púlpito que toda la gente decente estaba en la cárcel. Llegó a la parroquia en plan matón buscando algo que no existía y preguntando por cosas que no tenían respuesta. JB detestaba a Gallo desde que le rompió los tímpanos al sacerdote con el que él se iba a pescar y a liar cigarros de picadura y luego volvían con las nasas llenas. Años más tarde le escribió desde Sudamérica, citándole el Evangelio, y le decía que mientras los hombres no fueran libres seguirían soñando: «Necesitamos volver a soñar durante los largos inviernos mientras preparamos los anzuelos y las cañas en el excitante día en el que se abra definitivamente la veda y la vida y los ríos sean limpios.»

Ahora JB estaba sentado, hojeando una revista de defensa personal, en un edificio de cristal de la autovía. Hacía mucho tiempo que no se encontraba con Gallo, el policía ejemplar de redadas, maestro de interrogatorios; no era de los que se arrepentían del pasado, pensaba que las heridas que habían recibido del régimen anterior le daban más honra que le quitaban. Siempre mujeriego, bebedor, gabán azul, con dinero, no consentía que las esposas dieran al detenido una pastilla de jabón antes de la detención, y tenía permiso para matar y para poner el cazo. El Jefe le había dicho que Gallo llevaba entonces la seguridad de la fábrica de coches; JB pensó que a estos buenos funcionarios los largan por tortura, pero les ponen una multinacional para que se lo sigan llevando. Esperaba sentado el experto en seguridad, con llave de chalet operativo («Fue antena en Francia», decían, con admiración, los jóvenes policías). Hablaron cada uno a un lado de la mesa. Gallo recordó que detestaba a aquel cabeza de culebra, al que imaginaba silbando, «un amargado que va de profesional, pero yo he trabajado para todos los gobiernos, porque todos necesitan gente que contrate asesinos».

—Era checoslovaca.

—¿Cómo cayó por aquí?

—Más tarde te lo explicaré. Tenía metida en la cabeza esa fantasía de los de la Europa central por el sur. Creía que aquí no hay invierno. Era una buscona.

—¿Colaboró con la Policía?

—Sí.

—¿Qué hacía en el Amor Brujo?

—Era una tapadera.

—¿Y para qué queríais una tapadera en un puticlub?

—Estuvo sólo una temporada, hasta que le encontramos algo mejor.

El dueño del Amor Brujo era el Panty, el apodo de Wenceslao Quinto, nombre que figuraba en el pastillero. JB conocía el bar, había pasado allí muchas horas, en la esquina de la barra, cerca de la caja, bebiendo gratis y hablando con las chicas cuando no tenían clientes; le pedían favores, papeles, documentación, le consultaban sobre pleitos y cárceles donde estaban a veces sus chulos; pero JB no recordaba a ninguna checoslovaca. Se lo dijo a Gallo:

—Yo caía por el Amor Brujo, pero no recuerdo a nadie así.

—El Panty ha cerrado el local de alterne.

—Sí, ya sé que ha puesto uno de esos espectáculos de sexo virtual. Pero me refiero al de antes, donde iban los toreros. El de ahora también lo he visto, con plataformas giratorias y cabinas.

—Pues la checoslovaca iba antes, cuando había muchachas de barra.

—No eran putas.

—Estaban a cinco minutos.

—¿Y qué hacía ella?

—Llegó sin blanca, sin ropa, con lo puesto; la llevé a comprarse unas botas Bond que ella siempre había querido tener. Cuando la sacamos de allí la metimos de conejita en el periódico.

—Donde estaba el Jesucristo.

—¿El Jesucristo? El Jesucristo se ha pelado y se ha hecho un dandi y ya no es el Jesucristo. Lo dijo Trotski y tenía razón, dadme un revolucionario y ya se convertirá en un funcionario del Estado.

—Trabaja en la política.

—En algo mejor, en una auditoría para echar gente que sobra de las empresas. Vive en Puerta de Hierro, va a cacerías con pantalón bombacho tirolés, medias de lana con lazos rojos y polainas de ante. Está casado con una maciza que además tiene casa en Nueva York y en París.

—¿Lo conociste en aquel tiempo?

—Lo chaparon en Carabanchel.

—¿Comunista?

—Más bien anarquista. Se llevó unas hostias en Sol. Hacía el máster para mandar ahora.

—¿La checoslovaca siguió colaborando desde el periódico?

—Había una célula en el servicio de documentación, o mejor más bien un cóctel Molotov: un comunista, una trotska, un par de anarcos. El jefe de documentación del diario era Del Arco. La checoslovaca se casó con él. Sigue esa pista. Te va a ser difícil porque todo eso ocurrió hace veinte años, y poco más puedo decirte; no sé nada más; cuando la checoslovaca se esfumó, yo le había perdido la pista.

Mientras JB moldeaba el chapiri de esa forma que él solía, le dijo a modo de despedida a Gallo:

—Conozco a Del Arco. Me emborraché con él algunas veces.

Hay por los vertederos y en los muladares, en los cascajares, entre el cemento del que salen columnas, desaparecidos de los que no quedan ni los huesos; ya sabía JB que si Gallo había picoteado en ese caso no iban a encontrar pruebas. ¿Del Arco? ¿Qué sería del que conoció cuando los dos eran nuevos en el oficio? ¿Dónde habría ido a parar aquel que olía a los muertos antes que él mismo? Cuando llegaba al lugar del accidente ya estaba allí Del Arco, con la petaca de plata y piel, con su bigotito de los cincuenta; los hombres, entonces, se querían parecer a Jorge Negrete y Clark Gable. Una de las ilusiones de la vida de JB había sido hacerse con la petaca de Del Arco, un frasco perfecto para guardar el whisky, digno de un héroe del Oeste: base de plata, parte de arriba de piel de toro, dos aberturas de arriba abajo, tapón cilíndrico también de plata, con una ranura para cerrarse parecida a un gatillo. ¡Cuántas exclusivas se había ganado Del Arco con la petaca James Dixon Sons, Sheffield, año 1922! Al amanecer, mientras levantaban el cadáver o la grúa subía el coche despeñado, el reportero pasaba la petaca al policía y éste no se resistía. Muchas veces se habían emborrachado los dos mientras cumplían con su trabajo, y JB intentó chantajear al periodista con una exclusiva a cambio de la petaca, pero Del Arco nunca tragó. La petaca formaba parte del cuerpo de Del Arco, la llevaba en el sobaco, escondida, lo mismo que JB la pistola. Sólo la muerte le apartaría de su fetiche. Muchos otros habían intentado comprar la petaca al periodista de la morgue, pero él nunca la vendió, aunque estaba acosado por las deudas y le perseguían los notarios. JB hizo memoria: el hombre que buscaba siempre andaba por el mismo sitio, como los zorros u otros predadores; por el barrio de la derecha de la Castellana según se baja, una zona de bares que abarca desde Chicote hasta Oliver, pasando por Cock, Carmencita, Libertad 8, Pub de Santa Bárbara, Amor Brujo. Hasta aquí llegaba Del Arco, ya cocido, para buscar una chica del Panty con quien hablar y a la que acompañar tal vez a las tres, cuando cerraran. El Del Arco que conoció en los buenos tiempos era el que había contado a los lectores cientos de asesinatos, el que llenó de fiambres la primera página, cuando aún la política no se había apoderado de las páginas de los periódicos; usaba pipa, de fumar y de velatorio, estaba considerado por sus propios compañeros como el rey del pisotón. La petaca de plata se la dio un condenado a muerte en el pasillo de la penitenciaría de San Quintín, antes de dirigirse a la cámara de gas. Fue el único español que le entrevistó; aunque Del Arco no hablaba inglés, se ganó al convicto con sus gestos y su mímica; la última sonrisa del asesino fue para Del Arco, antes de que éste le ofreciera un trago de la petaca de plata. Cuando JB le conoció, Del Arco daba sablazos porque debía a los prestas de garitos; vivía en las casas de socorro y en los depósitos, le gustaba montar timbas mientras se hacían autopsias, viajó por el mundo como enviado especial, y luego le contaron que acabó de cronista taurino, con el whisky en la mano a la hora del encierro esperando a las once de la mañana que el apoderado le pasara el sobre con el dinero. Más tarde se convirtió en cronista de restaurantes para comer gratis en los de cinco tenedores. Si no le invitaban, escribía en la sección de gastronomía que había cucarachas en la cocina o que la merluza estaba descongelada. No era gourmet, sino pícaro que pillaba donde podía, en su decadencia, cuando la edad, la política y los nuevos reporteros acabaron con él. Desapareció de la circulación y ahora contaban que se lo había tragado un archivo; ahí mueren los periodistas y los policías. Un borracho sabe encontrar a otro borracho, se huelen de lejos, y el propio Del Arco siempre decía que la noticia está en los bares, y JB sabía que no sólo la noticia, también están las pistas del crimen. No podía encontrarle en el diario porque lo habían derruido metiéndole una carga de amonal en el sótano, donde estaban las linotipias. Hacía ya muchos años que el ascensor-noria había dejado de dar la vuelta como una polea al rascacielos; aún vivía el director carismático, maestro de periodistas, el que en sus buenos tiempos tenía un secretario para que le pelara las gambas, pero el periódico ya no existía. Por la autovía, JB pensó acercarse al bar de los reporteros, con fotos de Ava Gardner y de la salida de los hombres a la Luna. Aparcó donde pudo, y llegó; allí estaba casi solo el viejo barman. JB le preguntó por su madre y después por Del Arco.

—Le dio un triquitriqui.

—¿Está mal?

—No, qué va, se espabiló con el derrame. Le ha dado por decir la verdad.

—¿Y cómo anda de memoria?

—La recuperó.

—¿Y cómo lo sabes?

—Porque hace apuestas sobre goles, orejas y fechas. Y gana.

—¿Sigue viniendo?

—Ya lo creo, y se pone ciego de vino, sólo de vino; como siempre, se olvida de pagar. No tardará en caer por aquí. Sólo sale de casa para abrevar. Luego se va, agarrándose a las farolas.

A los diez minutos entró Del Arco con su bigote cano, su pelo rizado, sus mejillas rojas de tanto beber y comer en el pasado en los restaurantes de cinco tenedores. Se sentó en el taburete de superficie de lona y pidió una copa de vino. JB se acercó a la barra y le dijo al barman:

—No le cobres al caballero.

Del Arco miró de reojo, alzó las manos y habló en broma:

—No hablaré sin la presencia de mi abogado.

—¿Cómo estás?

—Haciendo tiempo para la Almudena.

JB sabía que a Del Arco le gustaba más la barra, pero le propuso sentarse. Accedió de mala gana. Se sentaron a una de las mesas en las que en otros tiempos se sentaban las prostitutas, con espejos en el retablo de madera para pintarse los labios.

—¿Qué sabes de Dúrsila Nézval?

—Todo.

—Fue tu esposa.

—Era una puta frígida.

—¿Dónde está?

—Le perdí la pista.

—¿Nunca te mandó una tarjeta?

—Desapareció.

—Pero ha aparecido.

—¿Sí?

—En un baúl.

—¿Cómo?

—Con catorce puñaladas, infligidas, como tú dirías en tus crónicas, por un cuchillo de hoja ancha.

—Hace más de veinte años que no la he visto.

—Fue tu mujer.

—Me tuvo enganchado porque era una de esas que sabía mirar. En un principio me quitó el mal de estómago.

Era sin duda Del Arco; pidió bicarbonato y otro vino.

—¿Ella también bebía?

—Champán.

—Duele la cabeza.

—Bebía champán desde que trabajó en el descorche.

—En el Amor Brujo.

—En el Amor Brujo. ¿Me estás interrogando?

—Quiero que me ayudes a recuperar la memoria.

—¿Puedo pedir un vino? Ando asfixiado.

—Está hecho.

La tarde era grisácea. Brillaban los pilotos rojos de la Gran Vía. Estaba muy bella Ava Gardner en el retrato. JB intentó desviar la conversación para no agobiarle. Pero Del Arco estaba fijo en el recuerdo.

—Ella era grande, las cosas como son. Luego me

dejó tirado, me tomé una botella de bourbon y no la vi nunca.

—La tienes dormida en el Anatómico con catorce puñaladas.

Del Arco palideció y se metió el trago en el esófago.

—¿Qué sabes del Jesucristo?

—Ya no lo veo.

—Tengo que encontrarlo. Necesito saber dónde estaba la noche del 21 de diciembre de 1978.

—Eso es imposible.

—Te equivocas, Del Arco. Fue el día más corto del año.

Le hizo gracia la *boutade* al viejo periodista.

—Y ahora me dirás que la temperatura mínima fue de cinco bajo cero.

—No, la temperatura mínima fue de cero grados. El sol salió a las ocho y treinta y cinco y se puso a las diecisiete y cincuenta y dos. La luna salió a las veinticuatro y treinta y uno y se puso a las trece y nueve. Cuando la mataron, posiblemente había luna llena. Lo he investigado todo porque no me fío de mi memoria.

Había logrado los datos en la hemeroteca. Se había enterado de que el día 21 de diciembre de 1978 una nave soviética sin tripulación se posó suavemente sobre la superficie de Venus después de descender en paracaídas y transmitir información científica a la Tierra durante casi dos horas. JB anotó minuciosamente la noticia: «El vehículo de descenso llevó a la superficie del planeta un gallardete con la imagen de Lenin y un escudo de la Unión Soviética.» La precisión del veterano policía sorprendió a Del Arco, que empezó a jugar con él.

—¿Cuánto valía el billete del metro?

—Diez pesetas. El de ida y vuelta, quince.

—¿Cómo era el viento?

—Revuelto. Todo cuanto me preguntes de la víspera y el día de la lotería de ese mes de diciembre te lo puedo contar: estrenaron una película de Sean Connery, descendieron las temperaturas, a las ocho y treinta empezó por televisión el sorteo de la lotería, el índice general de la Bolsa fue del ochenta y ocho punto setenta y siete y España perdió por uno a cero con Italia. A ver si te acuerdas de la alineación.

Del Arco, que presumía de memoria, pidió una copa de vino y se metió de lleno en la memoria.

—Seguro que jugó Gordillo.

—Sí.

—Y por Italia, Rossi.

—Exacto. Eres un monstruo.

JB dijo que llevaba prisa y anunció que volvería una de aquellas tardes. Del Arco le dijo al despedirse:

—Siempre quisiste incautarme la petaca de plata y piel.

—Ya no bebo.

—Si descubres al asesino de Dúrsila Nézval, será tuya.

—No decías que era una historia pasada.

—Lo dicho: si encuentras al asesino, la petaca será tuya.

En las horas siguientes a la primera entrevista con

Del Arco, JB revisó archivos de la época, repasó los resultados de la Bolsa, las carteleras de cine, sus propias facturas, algunas cartas que había recibido, y tuvo en sus manos un periódico de la fecha. Se enteró por los archivos de algo que ya había averiguado en el diario: mataron en Francia al electricista de la Operación Ogro. Colocaron un kilo de amonita en los bajos de su Renault y saltó por los aires. Eso sí que lo recordó JB y se lo dijo al Jefe.

—Sí —reconoció el Jefe—, ese cabrón fue el que apretó el accionador de la carga explosiva que liquidó al almirante.

Se acordó porque el Jefe le recordó que el terrorista, antes de entrar en el comando, estuvo afiliado a la Legión de María. La Policía atribuyó, en su tiempo, el atentado a los anarquistas, pero el Jefe le indicó con un gesto que eso era un cuento. JB jamás participó en esas operaciones parapoliciales. Él fue siempre un fiel cumplidor de la ley. Además, no se sentía obligado a preocuparse por la totalidad de los ciudadanos, como hacen los políticos; él ya tenía bastante con descubrir algún asesino; creía que los que decían servir a la comunidad, en realidad se servían a sí mismos. Era un apolítico. Pero rememoró aquel tiempo turbulento del 78, cuando mataban a policías algunos grupos de extrema izquierda; parecía que todo iba a reventar, pero se vio bien pronto que la mayoría de la gente quería vivir tranquilamente en la democracia. La Constitución iba a ser una asignatura en la enseñanza de los niños, y una asociación de padres de su barrio, en Embajadores, acusaba al director del centro escolar del barrio: le calificaban de antidemócrata. No lo recordaba, pero creyó adivinar que en la noche del 22 él debió de asistir al estreno en el Galileo de *Noches pornográficas*, porque de lo que estaba seguro es de que asistió al estreno porque le envió la entrada el dueño del cine. Era una cinta de vibroerotismo, pornoshow, sadomasoquismo; en los anuncios se advertía al público que esa película, por su temática o su contenido, podría herir la sensibilidad del espectador. «Éstos eran otros tiempos —le dijo, ciego, Del Arco—. El comunismo busca las sobras en los cubos de basura después de caerse el Muro.»

CAPÍTULO IX

—

LA MISERIA, SENDA DE LA VILEZA

Roncaba como un tábano el viejo ventilador con el eje engrasado y sucio. JB y Del Arco, dos viejos alcohólicos, con la memoria maltrecha, acabados en su oficio, empezaron a verse cada tarde en el bar La Gaceta, debajo del retrato de Ava Gardner, y al lado el del Che Guevara. Había otras fotografías que dejaron los reporteros de sus aventuras profesionales, de Vietnam, de África, de las guerrillas latinoamericanas: niños hambrientos, guerreros en pleno combate, actrices, premios Nobeles, escritores, y también se conservaban los retratos de los propios periodistas que habían sido clientes y acreedores de ese bar que, según Del Arco, aún olía a plomo de linotipia, y no, decía, como las redacciones de ahora, que son clínicas con cabezas de ordenata. Entre las fotos estaba, por supuesto, la de Del Arco, cuando su pelo aún no era blanco, con su cara de úlcera de estómago. Entre otras hazañas, Del Arco había conseguido entrevistar a Indira Gandhi, colándose como un mendigo hindú en una fila de indigentes que iban a pedir a la primera ministra una limosna; se había vestido de enfermero para presenciar, al lado del quirófano, sin que nadie reparara en él, el primer trasplante de corazón. Pero donde su pericia carecía de rivalidad era en los sucesos. Llegaba el primero, volvía el primero, era el primero en entrar en la casa del muerto para robar la foto de la boda o de la primera comunión que luego publicaba en primera página. En los crímenes profundizaba sobre la sicología del asesino, buscaba las orejas perdidas en los accidentes de coche, tenía la lista y las fotografías de todos los que fueron cosidos a puñaladas en los últimos treinta años. Contaba con todo detalle cómo los perros se comían los ojos de los cadáveres y cómo estaban los cadáveres con las manos atadas a rosarios. Sabía moverse muy bien en el mundo de los delincuentes, asistía a las partidas de póquer de garito, conocía a los policías corruptos y a los apoderados chantajistas. JB recordó muy bien que a La Gaceta llegaba Del Arco en los buenos tiempos con sus exclusivas y la tinta tan fresca del periódico de la tarde, tan fresco y vivo, que provocaba estornudos. Llegaba siempre con alguna chica no necesariamente de buena conducta.

Aquella tarde, Del Arco en seguida se pasó del vino al mojito cuando JB le dijo que las cuentas se pagarían con fondos reservados.

—Ya te avisé, ando como un garrote.

—No hay problema. Ya le he dicho al barman que abonaré lo que debes.

—Acepto. La miseria es la senda de la vileza. Además, con tu gesto misericordioso me demuestras que eres grande, JB, el único madero que no tiene una piedra en el corazón.

Ambos se sentaban en los taburetes circulares que un día habían sido el sitio de las putas cuando la cajetilla de cigarrillos valía 5 pesetas y llegaban los hombres de provincias y de Madrid buscando alguna de aquellas chicas. Alrededor de los asientos, en la pared, aún se conservaban los espejos donde las profesionales se maquillaban mientras regateaban, igual que en la sierra de Madrid se conservan aún los parapetos de las trincheras. JB encontraba un placer especial en encontrarse con Del Arco, no sólo porque estaba convencido de que el viejo reportero tenía algunas claves del asesinato, sino porque le recordaba los buenos tiempos, cuando los dos eran figuras en lo suyo. Del Arco admiraba al poli del hígado averiado con su porte de enterrador o de alabardero. Las entrevistas siempre se celebraban bajo la condición de que si JB era capaz de descubrir al asesino, Del Arco se desprendería de la petaca James Dixon Sons, Sheffield, año 1922 que había logrado como un trofeo cuando entrevistó al condenado.

—La petaca será tuya si aciertas.

—Hecho.

—Fíjate qué seguro estaré de que no lo vas a lograr.

—¿Por qué?

—No hay pruebas que duren veinte años.

—Con el ADN podemos saber que los hombres del neolítico vacilaban con adormideras.

—No hay quien recuerde lo que cenó hace tres noches.

—Espero que un día la petaca sea mía.

—Es casi imposible.

—No, si tú me ayudas.

—Y si yo fuera el asesino, ¿cómo te iba a ayudar?

—Estoy seguro de que casi todos llevamos un asesino en nuestro interior. De ahí parten siempre mis averiguaciones: ningún criminal es ajeno a la raza humana. Y si tú fueras el asesino, cantarías, me darías el queo.

—¿Por qué iba a hacerlo, para descansar mi conciencia?

—Por vanidad de asesino ahora que ya no tienes la vanidad de reportero. Largarías cuando estuvieras borracho.

Las charlas se hacían interminables, algunas de ellas duraron diez mojitos, según pudo deducir por la factura JB.

Aquella tarde empeoraba el tiempo y llegaba el cierzo con agujas de la sierra que envían a Madrid los monjes del Paular según decía cuando vivía su madre. Los dos, abrigados: JB con la pelliza de pescador y Del Arco con una gabardina de aquellas que llevaban los gángsters. El policía llegó hundido, o por lo menos así se mostró a Del Arco. Del Arco bromeó.

—Estamos helados porque nos falta la calefacción de hembra.

—Perro suelto bien se lame el pijo.

JB llegó enfadado porque no podía ir a pescar y, al contrario que el día anterior, expresó las dudas y las dificultades que aparecían en el caso. Recordó a Del

Arco que aquella tarde se cumplían veinte años del asesinato de Dúrsila Nézval, su breve y desgraciada esposa, porque todo indicaba que la habían matado en la víspera del 22, el día de la lotería. Habló JB:

—Fue un día frío.

Contestó Del Arco:

—Como el de hoy.

—Vísperas de Navidad, 1978.

—Eso es la Edad de Piedra. Según me dijiste, España perdió ante Italia, había nieve en la sierra y mataron al electricista que mandó al cielo al almirante.

—Además —siguió JB—, ese día asesinaron a un policía, veintiocho niños murieron arrollados por un autobús escolar. Pasaron muchas cosas que fueron publicadas y de las que hay huellas, reseñas, cruces, pero del asesinato no se publicó ni una línea porque ni apareció el cuerpo, ni nadie sabía qué había ocurrido, excepto el asesino o los asesinos. El asesino tendrá cronometrado el día en su memoria, hora a hora, minuto a minuto; sabrá para qué eran las cuerdas de cáñamo que estaban cerca del cadáver.

—Las cosas macabras tienden a olvidarse.

—Pero no un asesinato, porque vuelve en las pesadillas. Tenemos que andar por la oscuridad, donde todo está borrado, excepto el cuerpo insepulto e incorrupto de Dúrsila Nézval.

—Estamos tú y yo aquí, un periodista y un madero. Durante toda nuestra vida no hicimos otra cosa que oler braguetas y seguir rastros de sangre.

—Esta mañana estuve a punto de tirar la toalla. Iba a pedir que lo archivaran.

—Has cambiado de opinión en un día. Veo que no quieres tener la petaca de plata.

—He estudiado el caso y es imposible.

—Eso no lo decías ayer.

—Ni huelo la mierda, ni llego al corazón de la cebolla.

A Del Arco le entró un especial deseo de colaborar. Aquella tarde, iluminado por el resplandor de los mojitos en su garganta, le aseguró que haría un esfuerzo para recuperar el tiempo. Quedaron al día siguiente, en el que el periodista aseguró que le contaría algunos detalles de su ex mujer y de otras personas que habían frecuentado. A la hora señalada los dos estaban nuevamente debajo de Ava Gardner.

—Me casé con ella en Gibraltar.

—¿Por qué?

—Un capricho. Le compré en El Corte Inglés de Madrid un vestido de color gris y unos zapatos de color canela. Fuimos a una tienda del Peñón y nos llevamos un ramo de nardos. Me acuerdo de un detalle que entonces me sorprendía, ¡lo que a Dúrsila le gustaba El Corte Inglés! Me contaba que en su país los grandes almacenes olían a mortadela y que estos grandes almacenes olían a colonia, el aire era perfumado, se quedaba hipnotizada en los escaparates.

—Aun muerta es bella.

—Era medio ángel, medio puta.

—¿Qué quieres decir?

—Que era muy inocente y muy perversa. Muy inocente cuando llegó. En el Amor Brujo se emborrachaba todas las noches porque era incapaz de hacer lo que las otras chicas, arrojar el champán al cubo de hielo para engañar a los clientes.

—¿Y luego se pervirtió?

—Se pervirtió en las tiendas.

—¿Por qué?

—Se fascinó por las cosas caras.

—La noche en que se celebró la fiesta en la víspera de Navidad, ¿estabais aún juntos?

—¿De qué fiesta me hablas?

—De la del día 22 de diciembre de 1978 por la noche.

—¿Y por qué has llegado a la conclusión de que hubo una fiesta?

—En las vísceras del estómago de Dúrsila Nézval, después de veinte años, aún se encontraron moléculas de champán.

—¿Y con eso vas a convencer al Media Hostia de que hubo una fiesta?

—Se han encontrado además unos guantes negros de terciopelo y un bolso pequeño de pedrería. Llevaba un vestido rojo de una sola pieza y una diadema. Huelo a champán, a hass, a sexo, a fiesta de Navidad.

—Dúrsila siempre bebía champán desde que se acostumbró en el Amor Brujo.

—Eran las vísperas de Navidad.

—¿Y qué?

—Insisto: iba vestida para una fiesta.

—Todos aquellos que visitaban el apartamento del Jesucristo eran unos progres de barbas y pantalón vaquero.

—Sé que hubo una fiesta en aquel apartamento o en otro lugar.

—Hubo una fiesta. Pero en el apartamento tan sólo tomamos unas copas. Dúrsila y el Jesucristo iban después a otro sitio.

—¿Recuerdas adónde?

—No.

—¿Tú estabas en esa copa?

—Creo recordar que sí.

—¿Quiénes más?

—Estarían, seguro, Dúrsila, el Jesucristo y la Gaditana. Él, porque era el dueño de la casa; estaría la Gaditana porque era su amante, su compañera, como se decía entonces. La Gaditana se iba aquella noche al Puerto de Santa María a pasar las Navidades con sus padres. Pero habría más gente. Tal vez Felipe y Fernando, el que ahora cría conejos; habría más mujeres y hombres, casi todos del periódico, de la sección de documentación. Me acuerdo lejanamente porque fue la última vez que yo vi a Dúrsila. Era, efectivamente, en vísperas de Navidad; no podría precisar si fue el día 21, el 22, el 23. Pero sí me acuerdo de que había bombillas y angelitos en las calles, estoy casi seguro; nos juntamos para tomar las copas porque todos nos íbamos a ir fuera. Sólo se quedaban los afortunados que no tenían familia: el Jesucristo y Dúrsila. El Jesucristo era mi amigo y Dúrsila vivía con él y con su novia. Entonces los progres vivían como en tribus.

—Fumaban y practicaban el amor libre.

—Eso no lo sé. Lo que sí sé es que el Jesucristo era el baranda.

—¿Cómo cayó la checoslovaca?

—Conectó con la basca.

—Háblame de Felipe.

—Linotipista. Había estado preso y se le había puesto el pelo blanco en el penal de Burgos.

—¿Quién era Fernando?

—Uno que ha terminado criando conejos en una granja de Guadalajara.

—Entonces, ¿de qué iba?

—Iban todos de lo mismo. Estaban en documentación como recluidos y en combinación con los talleres; querían hacerse con el diario y con otros periódicos que habían sido del régimen. Los del exilio tenían ganas de volver para comer callos y para subir en los ascensores del régimen. Esos diarios estaban, según ellos, llenos de fachas, como yo. A mí me perdonaron, no les importaba que durante muchos años había llenado la primera página con mis reportajes.

—¿Cómo era entonces el diario?

—Nosotros estábamos en el piso de encima de la redacción. Subíamos y bajábamos por la noria. Del bar a documentación y de documentación al bar. La redacción era otro mundo, allí jugaban al póquer y bebían, nadie trabajaba; el periódico iba a cerrar y había muchas asambleas. Nosotros íbamos en pandilla, salíamos juntos por la noche y nos emborrachábamos en El Junco o en Oliver. A mí me perdonaban, aunque no era de su tribu, y cuando llegó Dúrsila aún me trataron mejor. Al principio desconfiaron de ella, pero luego gustó; sabía mucho de Lorca, de comunismo; más que ellos.

—¿Dónde pensabas tú pasar las Navidades?

—En Nueva York. Iba a ir por la cara a la inauguración de una compañía aérea. No tenía a nadie, me sentía solo. Mi primera mujer se iba con mi hijo a Extremadura, de donde es su actual maromo. Ya estaba separado de Dúrsila, así que decidí pasar las Navidades en Nueva York.

—¿Cómo eran entonces tus relaciones con Dúrsila Nézval?

—Magníficas.

—¿Siempre lo fueron?

—Desde el principio nos llevamos bien. La ayudé. Ya te dije que era una rubia de coño glacial.

—Pero bonita.

—Aterciopelada como el jaguar, felina, pero fría. Miraba con sus ojos al techo cuando hacíamos el amor. Pero nos unía el champán. Me arruiné por comprar tantas botellas para meterlas en la nevera del apartamento. A Dúrsila me la dejó la riada, era una náufraga, huida, no sabía qué hacer. Yo siempre fui el caos y ella se unió a mi caos. Fuimos felices cuando estaba en el Amor Brujo, pero cuando la llevé al diario, conoció otro mundo.

—¿La encontraste en el Amor Brujo?

—Sí, en el mostrador de metacrilato. Y le conté mi vida. Para eso se han hecho los puticlubs.

—¿Por qué dejó de trabajar en el Amor Brujo?

—Porque yo me la llevé al periódico. Sabía ruso, inglés, español.

—¿Te pidió la Policía que la llevaras?

—Negociaron por arriba. Seguro que con el director.

—Volvamos a la fiesta.

—No recuerdo apenas nada.

—Yo te ayudaré: el día 22 de diciembre de 1978 amaneció frío, con una temperatura cercana a los cero grados, y había luna llena.

—Con todo respeto, el detalle de la luna llena es una gilipollez de novela negra barata.

—Nada de lo que podamos recordar es una gilipollez. Tengo claro que en la reproducción de ese día está el enigma del asesinato.

—Te voy a hacer un examen. Sabrás, porque lo habrás fisgado en la hemeroteca, la alineación de España en su partido contra Italia.

JB sacó del bolsillo grande de la pelliza el cuaderno con la tabla de multiplicar.

—Urruti, Marcelino, Gordillo, Botubot, Alexanco, Cundi, Sánchez, Zamora, Solsona, San José, Leal, Canito, Satrústegui, Argote y Alonso, algunos de éstos sustituyeron a otros. En total jugaron quince.

—¿Quién marcó?

—Por el equipo español, nadie. Ganó Italia por uno a cero.

—Allá en la nebulosa me parece ver que el gol de los italianos lo marcó Rossi, por alto, después de un córner.

—Te felicito. Tienes más memoria que el difunto Cepero.

—Es que vi el partido, antes de ir a la copa de Navidad.

—¿Por qué no lo viste en la fiesta?

—No les gustaba el fútbol entonces, ni tampoco los toros. Eso era cosa de franquistas. Yo para ellos era un franquista de bigote; no sabían que había recorrido el mundo, que había ido a Vietnam y había vuelto. Documentación siempre ha sido el cementerio de elefantes de los periodistas. Allí llevan a los acabados. A mí no me acabó el whisky, como decían, sino el cambio político. Ya no querían reportajes de sangre, ni sucesos, ni corazón; todo lo ocupó la política. Y como te decía, al principio me despreciaban, dejaban de hablar cuando yo llegaba, creían que era un soplón, pero al final nos hicimos amigos.

—Tengo una idea muy extravagante respecto al Jesucristo —comentó JB.

—Un raro.

—¿Sientes aprecio por él?

—Sí.

—Es un degenerado.

—No me atrevería a decir tanto.

—Lo último que han descubierto es que le gusta llevarse a una torda al Museo de Cera. Llega a las ocho, cuando no queda más que el vigilante, y se la lleva a la sala en donde está la reproducción de un crimen. Le gusta hacerlo allí.

—Eso no es un delito.

—La somete a fantasías de tipo sádico.

—¿Y qué?

—Siente placer en torturar, herir, humillar. Tiene tendencias homosexuales.

—No lo creo. Hablemos en el lenguaje de los siquiatras en los juicios: tenía idealizada a la madre, y la sexualidad bloqueada.

CAPÍTULO X

—

EL CABALLO ERÓTICO

Ahora lo mandaban a la guardería.

Así como los papás enviaban a los viejos a las escuelas para que los camellos no se acercaran a pasar cannabis a los escolares, el Jefe, que veía a su hija en todas las víctimas del fin de semana, había descubierto que Jesús Aguilar andaba con una jovencita. Le pidió a JB que vigilara los movimientos del sospechoso, porque si había acuchillado a Dúrsila Nézval, podía degollar a la nueva acompañante. «Estamos ante un monstruo, tal vez un necrófilo que anda desbocado por la ciudad desde hace veinte años, cuando debiera estar guardado en una celda.» JB había pasado de alabardero del rey a palafrenero del Jefe, como temió en un principio. Llovía, cogió el paraguas y el impermeable que se llevaba a pescar y pidió a la Pavana que se enterara de qué iba la niña que había caído bajo la influencia de aquel que en otro tiempo llamaban Jesucristo y al que le «hubiera gustado ser un miliciano de mono y de pistola en los tiempos de los "paseos"». Le sugirió que rastreara por los ambientes de camarones y mariposas, por los baretos de copas, al alba, cuando más vivos están los animales de rapiña.

JB esperó mucho tiempo, emboscado en la penumbra de su jeep, como si estuviera de espera. En realidad estaba en el puesto esperando a un predador, tal vez a un asesino. Sabía que arriba, bajo la cuádriga, en la buhardilla de cúpula de pizarra, se refugiaba el hombre que buscaba. Vio algún chapero en la esquina de Almirante apoyado en la puerta de una de esas pensiones para urgencias de la calle; la gente caminaba apresurada porque la lluvia crea una especie de pavor en Madrid. Apenas la luz deja de ser viva y aparecen desde el cielo de Toledo unas nubes, las personas se esconden en los paraguas y se resguardan donde pueden como cluecas, y caminan presas de la irritabilidad.

El piso de la calle del Conde de Xiquena no era el domicilio de Jesús Aguilar; su residencia estaba en Puerta de Hierro, protegido por pantallas de televisión, con cerca electrificada y guardias de seguridad; allí vivía su mujer, «una de esas señoronas que jamás han perdido un pendiente en el bosque», le había dicho la Pavana, después de informarse por un cocinero chino que trabajaba en la casa de los Aguilar. «Me ha contado —decía la Pavana— que durante los fines de semana juega al golf o se va de montería, pero en los días normales se escapa por las discotecas makarretas buscando chicha prieta. Ahora va con una tan pequeña que tiene que esconderse porque canta demasiado.» «¿Sabes quién es esa niña?» «Una estudiante de residencia.» «¿Qué años tiene?» «No llega a veinte.» «¿Y qué busca en él?» «A papá, o le va la marcha.» «Nunca he entendido por qué se van con viejos, si no es por la tela.» «Edipo es muy ligón.» «Éste pasa de los cincuenta.» «Pero es soniqueador, las atonta con palabras. Luego va la chica a la residencia y, mientras se come un plato de macarrones, les cuenta a las otras que ha hecho con el viejo el número del zorro volador, y las otras desvarían.» JB sabía por un manual de erotología que hay quinientas formas de hacer el amor, de ahí que las posturas fueran llamadas números, pero nunca había oído hablar del zorro volador. Tampoco le interesaba algo que no pudiera convertirse en declaración y prueba. Amonestó a la Pavana: «No delires.» «No deliro. Me lo contó una polaca que vivió con él antes que la Gaditana y que le abría la bragueta en el ascensor. Entonces él llevaba un pendiente en el lóbulo y andaba sonaca.» Cuando JB quiso saber qué era eso del zorro volador, la Pavana le ilustró: «Meter cuando la pareja está suspendida con las piernas colgando como Pinito del Oro.» «¿Y cómo sabe el jodido chino que hacen el zorro volador?» «Te dije que lo sé por la polaca.»

Protegido por la oscuridad plomiza, emboscado en el atardecer, pensó una vez más en la petaca James Dixon Sons, en Del Arco y en los tiempos en los que bebían y pateaban la ciudad a todas las horas. Ahora Madrid empezaba a resultarle una ciudad extraña, se sentía segregado, echado de sus calles por las nuevas tribus; no es una ciudad para mayores: selecciona, agota y destruye. Iba a ser muy difícil rastrear a Jesús Aguilar porque JB ya no tenía edad para irse por la ruta donde la basca se mete pastillas y cerveza o piña colada hasta que están ciegos y luego se bajan a comprar un condón a los váteres y se lo hacen allí mismo o en la capota de los coches. JB se sentía un galápago en esos ambientes, y le extrañó que, aunque no tanto, también resultaba demasiado viejo Aguilar, al que buscaba; moverse por los bailongos de la marcha, meterse lo que esté de moda esa temporada, agotar las madrugadas, no es cosa que resista la edad. Tampoco entendía que una joven de veinte años pudiera perder la razón con un hombre de más de cincuenta. Es posible que a la pequeña le excitase la clandestinidad. La Pavana decía que no. «Lo que la puede enganchar es que un carroza se saque el miembro en un museo; las niñas son muy malas.»

En el informe que le había facilitado el Jefe, Aguilar era el retrato de un individuo «muy pasado de todo, un crápula, que sabía usar el látigo y la toalla mojada y que tenía fascinación, como todos los libertinos, por el culo. Viene de la progresía, se ha metido hasta LSD, que es la bomba atómica del cerebro. Lo del tripi no fue muy habitual, pero sí se fumó toda la mierda que pudo. En el sexo va de sadoca. No sé qué relación podría haber entre su vida política y su vida sexual, pero en un panfleto que escribió en los años setenta decía que en una revolución la máxima violencia equivale a la máxima humanidad». JB comprendió, intentó comprender al menos, que alguien que no entienda el sexo sin crueldad o sin fantasía, alguien sin principios morales, alguien de doble vida, perteneciente por un lado a la casta y por otro a la golfería, alguien que intenta hacer realidad todas sus fantasías sexuales, no es necesariamente un asesino. JB sabía, después de dedicarse toda la vida a buscar culpables, que había metido muchas veces la pata en los charcos de sangre. Habían sometido en la época del tercer grado a los sospechosos claros a toda clase de torturas, éstos cantaban, y cuando el proceso se había puesto en marcha, las supuestas pruebas se transformaban en alegaciones sobre la crueldad de la Policía. JB tenía claro que se iba a enfrentar a Jesús Aguilar con toda la información y con todos los datos que pudiera, pero sin prejuicios; cuando le acusara o lo llevara ante el Media Hostia, tendría cabal conocimiento de lo que había ocurrido y podría aportar pruebas; si no era así, él mismo pediría la prescripción del delito. Sin embargo, el caso no sólo le superaba por la dificultad de recuperar la escena y el hecho en el tiempo, sino porque no era de la misma naturaleza de los crímenes que él había tratado. Hasta entonces había investigado casos más elementales, con móviles menos complicados, en los que se usaron planchas, hachas o tijeras: esposas cómplices de sus amantes, jugadores con deudas, chulos abandonados por prostitutas, mendigos alcohólicos que exterminaban a otros mendigos en la boca del metro; este crimen tenía unos móviles y un desarrollo diferentes y, sobre todo, ya estaba tapado por el olvido y la amnesia. Sólo el criminal y los testigos más cercanos habrían conservado las secuencias del caso en la memoria y siempre tendrían la coartada del olvido.

JB presentía que Aguilar buscaría su guarida de Conde de Xiquena. Pero aquella tarde no descubrió detalle alguno, ni vino Aguilar, ni hubo luz en la buhardilla. Después de pasarse un par de horas en la calle sin resultado, decidió marcharse a casa para estudiar el dossier del Jefe y las notas que había recogido en el cuaderno como resumen de las habladurías de la Pavana. Había un partido en la televisión, pero ni siquiera la encendió; estaba muy concentrado en el dossier. No había ninguna duda de que estaba ante un emboscado que sin pinta de maleante había abusado de mujeres, y a algunas las había llevado demasiado lejos en la sofisticación de sus deseos, incluidos los de atarlas con cuerdas. «Me cuentan —decía la Pavana— que le va el bullarengue, pero no sólo va de sado, también va de caballo erótico, llevando a la mujer sobre los hombros, como si fuera una rejoneadora.» Todas esas murmuraciones, no verificadas, las había recogido la Pavana por los ambientes bullacas y, por lo tanto, valían más bien como orientación que como prueba; sin embargo casaban los chismes con el hecho de que se hubiera encontrado, cerca del jergón de las cuerdas, una fusta de caballista.

A la tarde siguiente JB repitió la espera, sin resultado positivo. Vigiló todos los movimientos, la señora que volvía de la iglesia de Las Salesas, los jueces que juegan al dominó en la taberna de la esquina, el ciego que vende el cupón junto al Golden, el jubilata que se da un paseo y cuando llega a la tienda del pescado acelera. A las dos horas, decidió darse un garbeo por el Museo de Cera. Dejó el jeep aparcado en las inmediaciones del teatro María Guerrero y se fue andando hasta la plaza de Colón. El guardia jurado que buscaba estaba en la puerta del museo, leyendo una revista del corazón. Éste es el que había declarado unos días antes que Jesús Aguilar había llegado a las ocho de la noche, poco antes de que se cerrara el museo, y se había llevado a una yogurín a la sala del segundo piso, donde hay reconstruido un crimen histórico. En la pila de lavar estaba la cabeza de una mujer degollada. En las diversas salas los reyes, políticos, toreros, artistas, presidentes posaban para nadie, porque no había visitantes, ya no era hora de turistas; daba miedo caminar ante tanto poder mudo, ante los mitos congelados por la oscuridad ominosa, como en una pesadilla grotesca. En el piso de arriba se habían reconstruido algunos crímenes, como el del expreso de Andalucía. JB vio el coche correo, idéntico al real, que asaltaron y robaron, la papeleta de empeños, el garrote y la bandera negra que fue izada en el mástil de la cárcel Modelo; pero lo más fuerte era la cabeza de la mujer, como recién desprendida del tronco, en la pila del agua. Preguntó al guardia jurado.

—¿Es cierto que usted vio a Jesús Aguilar obligando a una chica a que le hiciera porquerías?

—Sí. Ahí al lado de la cabeza de la mujer degollada.

—¿Y cómo sabe usted que la obligó?

—Porque la forzó cogiéndola de los cabellos.

—¿Usted estaba presente?

—Sí, me extrañó que llegara a una hora tan rara y que se subiera al segundo piso directamente; le vigilé con cuidado y vi lo que hacía.

—¿Hablaba?

—No. Lo hizo todo en silencio.

A la mañana siguiente, después de comprar el periódico deportivo y desayunar con porras en un bar de la glorieta, se fue a hablar con el doctor Armando.

—Dúrsila Nézval —dijo Armando— sigue insepulta hasta que decida el Media Hostia.

—¿Qué se sabe de la familia?

—Nada. La familia de la checoslovaca está ilocalizable.

—¿El estado del cuerpo?

—Las bacterias atacan y se está deteriorando el cadáver por momentos, ha perdido incluso la lozanía del rostro. Si no hacemos algo, se convertirá en un simple esqueleto.

JB quería saber algo relativo a las torturas a que podía haber sometido el criminal a la víctima antes de matarla. Pero no sabía comenzar. Por fin se decidió mientras los dos tomaban un café con leche. Armando llevaba unos guantes verde pálido.

—¿Estás seguro que hizo con ella atrocidades antes de matarla?

—¿A qué cosas te refieres?

—A eso que tú llamaste coito anal.

—Busca al asesino si puedes porque la mató, no porque la sodomizara. La sodomía es una forma más de fornicación. No es delito en los nuevos códigos. Tal vez el asesino tenía alguna tendencia a asociar su satisfacción sexual con el dolor que infligía a su compañera y tal vez usó con ella alguna forma de daño, pero eso no quiere decir que cometiera delito.

—¿Y si apuró el castigo hasta matarla?

—No son ésos los síntomas.

—¿Por qué?

—Porque la víctima no tiene otras señales de violencia que las cuchilladas. Si el jergón fue utilizado como lugar de tortura no hay evidencia de ello. Si el asesino ató a la mujer no está verificado.

—Tengo entendido que los masoquistas quieren ir siempre más allá, y eso los puede llevar al asesinato.

—Puede ocurrir. Pero yo no puedo asegurarlo.

Mientras el doctor Armando se extendía con su acostumbrada verborrea, diciendo que el morse del lenguaje genético diría con toda exactitud si el semen encontrado coincidía con los nucleótidos del individuo, JB le contó lo del Museo de Cera.

—Hay un sospechoso al que le gusta que le hagan felaciones en los museos.

—Eso es más extraño. El hombre es el único mamífero al que no le gusta copular en público.

Dejó al doctor Armando y se fue a ver a la Pavana, que en aquel momento organizaba sobre el mostrador de la centralita la correspondencia e iba metiendo las cartas en los buzones.

—JB, he encontrado un tesoro. Pero prefiero enseñártelo lejos de aquí.

Quedaron en un bar de taxistas del paseo de La Habana, donde JB se tomó unos callos; en ese momento echaba de menos el vino. La Pavana llegó apenas dejar la centralita, mientras ya JB hacía la quiniela.

—En mi álbum he encontrado esta foto.

Eran tres: Dúrsila Nézval, Jesús Aguilar y la Pavana; el Jesucristo y la Gaditana, en traje de baño, con una copa en la mano, y el telefonista, con su pelo tintado con henna y su gran anillo arzobispal.

—¿Quién hizo la foto?

—Buena pregunta de madero. No recuerdo. Ésta es mi paisana. No me caía bien.

—¿Por qué?

—Era muy posesiva, y como andaba enganchada, no le dejaba en paz.

La Gaditana, verdaderamente preciosa. No muy alta, morena, cabello negrísimo, rizado, mirada inquietante. A JB le gustaron los ojos que la Pavana definió como de carbón.

—Voy a darte una alegría más: sé dónde vive, he encontrado una carta de hace años en la que me pedía que desviara la correspondencia.

Vivía en la plaza de España, en el viejo rascacielos de la Torre de Madrid. JB no lo dudó y a la media hora estaba tocando el timbre del apartamento 308. Abrió ella, en chándal, más pálida que en la foto, con veinte años más, pero igual de inquietante o, por lo menos, así la imaginó JB, que a pesar de su timidez ante las mujeres que no fueran prostitutas, sabía calibrar a una seductora. JB no enseñó la placa porque no la llevaba, pero ella supo desde el primer momento que era policía y se mostró ante él huraña y desconfiada. JB pensó que en otras circunstancias sería encantadora y amable. La Pavana la había descrito como a una vampiresa, coqueta, casi con la navaja en la liga; no estaba de acuerdo con la descripción. Desde el principio sintió por ella un misterioso hechizo; a pesar de que habían transcurrido veinte años desde la foto del álbum, era una mujer atractiva; llevaba una bata y se le veían unas piernas que le recordaron a las de las estrellas de cine. JB vio que tenía al lado del ordenador la cinta continua y los pedales para hacer ejercicio en casa. Sobre la mesa había unas violetas secas, los periódicos del día y algunos libros. Un rostro de los que atraen, una mirada fuerte. Le enseñó la foto del álbum.

—¿Conoció a esta mujer?

—Sí, hace un millón de años.

—¿Y al caballero?

—Sí.

—¿Sabía que Dúrsila Nézval fue asesinada?

—Me enteré por la prensa.

—Esto no es un interrogatorio, sólo quiero saber si usted la vio la noche antes de que la mataran.

—No tengo nada más que decir y estoy muy ocupada. Si quiere tomarme declaración buscaré a mi abogado.

—Seguramente vamos a archivar.

—¿Y eso?

—Porque a esta muerta no la reclaman; nadie tiene el menor interés en volver al pasado.

—No recuerdo nada, a esa mujer le perdí la pista hace veinte años.

—Sólo los culpables tendrán fija la memoria en lo que ocurrió —dijo JB.

—No me gusta la Policía y no me extrañaría que en aquella desaparición tuviera algo que ver.

—A mí tampoco me gusta y tampoco me extrañaría lo que usted dice.

Ella se iba interesando en el asunto.

—El problema es la memoria.

—La memoria es también una especie de *flash-back* de la conciencia.

—¿No es cierto que lo que más nos preocupa es lo que antes olvidamos?

—Pero no cuando se ha presenciado un crimen.

—¿Qué pasa entonces? —preguntó la Gaditana.

—Los testigos sueñan que son culpables cuando guardan el secreto. Hay una pesadilla muy normal que consiste en creerse asesino incluso sin haber estado cerca de un crimen; mientras que el verdadero culpable suele ser frío, calculador y espera años y años con la coartada perfecta.

JB entendió que la mujer fingía no estar interesada en el caso; en realidad era lo que más le intrigaba.

—Me voy a ir, no se preocupe; pero déjeme que le diga que me parece raro que no la preocupe que un antiguo amigo suyo pueda ser acusado de asesino.

—¿Y de qué más?

—De necrófilo.

—¿A qué amigo se refiere?

—Al que llamaban Jesucristo.

—A esa persona la creo capaz de muchas cosas, pero no de copular con cadáveres.

—¿Por qué no?

—Porque era un hipocondríaco.

JB jugó de farol.

—La hipocondría y la necrofilia están asociadas.

—Qué interesante; se ha ganado un café.

—Con leche, por favor.

—¿Prefiere una copa?

—Soy abstemio.

Mientras la Gaditana preparaba el café, JB miró de reojo al ordenador y a los papeles de la impresora; estaba escribiendo una novela. Cuando volvió ella comentó:

—Dicen que hay una molécula, una especie de anfetamina orgánica, causante de las pasiones, y él las tenía muy desarrolladas. Pero no lo creo capaz de matar.

—Estuvo por usted.

—Él sólo estaba por su madre.

—¿Qué significa eso?

—Que tenía con ella una relación poéticamente incestuosa. Pero insisto, no me lo imagino con un cuchillo en la mano.

—¿Cree que le falta imaginación para matar?

—Le sobra. Pero no va por ahí. Odia a las mujeres, pero no hasta matarlas.

—Tiene mucha imaginación. Como buen anarquista.

—Eso lo dice usted.

—Como buen anarquista, funciona a nivel de lo imaginario. Bakunin creía en la revolución como en el desencadenamiento de las pasiones.

—Bakunin era homosexual. Él no, que yo sepa.

—¿Quién mató a Dúrsila Nézval?

—Ya le conté mis sospechas: la Policía.

—La Policía no mata a puñaladas.

—Policía, o alguien que trabaja para la Policía.

—Hay que tirar cuanto antes de la cadena; pero si no me ayuda, dejaré el caso.

—¿En qué puedo ayudarle? Lo único que puedo hacer es orientarle; habla de los anarquistas como de Jack el Destripador. Pero los anarquistas son muy morales.

—No es ésa la idea que yo tengo.

—Casi puritanos. Aunque él iba por la FAI.

—¿Qué diferencia hay?

—Los de la FAI hablan del sexo libre y del nudismo, de droga y todo eso.

—¿Por dónde anda?

—Como comprenderá, yo no voy a denunciar a nadie. Además no sé por dónde anda.

—Ahora se ha casado —anunció JB—, tiene chalet, vajilla de cristal, mantelería de hilo, come caviar de erizo y es uno de esos que van a monterías, juegan al golf y hablan con la bola de ping-pong en las anginas.

—Hay muchos así, no es el único caso. ¿Le ha visto ya?

—Aún no.

—¿Y cómo sabe que habla con la bola de ping-pong?

—Porque es en lo primero que se fija uno del barrio del Pozo del Huevo, como yo.

—Lo que más recuerdo de él es que era un hipocondríaco. Y tenía una dependencia neurótica con su madre.

—¿Un niño mimado?

—Su madre alzó para él una coraza.

JB en seguida comprendió que a la Gaditana no le caía mal y que respecto al Jesucristo no tenía una gran idea.

—A su amigo Jesús Aguilar lo han sorprendido en el Museo de Cera con una Lolita.

—¿Menor de edad?

—No lo sé.

—¿Y eso qué tiene que ver con el caso?

—Para mí nada, pero el fiscal dirá eso de comportamiento obsceno. También dicen que tiene la cabeza grande, que mide uno noventa.

—Cierto, tiene la cabeza grande.

—Había semen en el cuerpo de la víctima. Averiguaremos si era de él.

—¿Qué es eso de que gasta una cabeza grande?

—Tiene razón. Ésa es una descripción inusual; lo he recordado porque en un informe criminológico que acababa de repasar, un doctor que tuvo a su disposición treinta y seis cráneos de asesinos y examinó su expediente judicial, comparándolo con el expediente anatómico, la medición de estos cráneos puso de manifiesto que los asesinos tienen la cabeza más grande que el término medio de los demás hombres.

—¿Así que no se fía de los que tienen la cabeza grande?

—No me fío ni de mi padre.

—¿Le gusta su oficio?

—Le he dedicado toda la vida.

—Domina el arte de interrogar.

—Muchas gracias. Su café es magnífico.

Y se fue. No obstante, antes le dijo:

—Los asesinos siempre están ansiosos de compartir con alguien el peso de la culpa. Pero cuando son sicópatas carecen de conciencia y de sentido de la culpabilidad. ¿Su amigo era un sicópata?

—Sólo un neurótico.

Por la tarde volvió a Conde de Xiquena, a esperar inútilmente a Jesús Aguilar; según había averiguado la Pavana, ya apenas se parecía al Jesús Aguilar del 78. «Ahora lleva escudos en los gemelos, es un cazador de muflones, asiste a monterías y tiene una dehesa de alcornoques. Ya quedaba poco de aquel progre.» Era la tercera sesión de espera. Prefería acecharle en la buhardilla a entrevistarse con él formalmente. Tenía que seguirle los pasos fuera del entorno familiar. Había cambiado el sospechoso como había cambiado el país y los nombres de las calles. JB hizo memoria: expulsaban del Cuerpo a los policías que daban palos en las manifestaciones, la Constitución iba a ser estudiada en la EGB, detenían a los ultras que obligaban a la gente a cantar el *Cara al sol* a punta de pistola.

CAPÍTULO XI

EL JUEGO DE LA VERDAD

JB no echaba de menos su trabajo de alabardero en el barrio de los Austrias, poblado de turistas rubias que se emborrachaban con sangría; pero en la investigación estaba viviendo un momento crítico, un momento tan confuso como al principio, cuando no sabía por dónde empezar a tirar del hilo. Todo lo que tenía hasta el momento eran sospechas. Conocía bien al Media Hostia y se lo imaginaba con los ojos burlones, por encima de las medias gafas, diciéndole: «Éstas no son pruebas; son conjeturas; necesito hechos, hechos, no chismes; usted me propone la prescripción.» JB no estaba dispuesto a que se le declarase nulo o prescrito el sumario de Dúrsila Nézval porque lo consideraba una burla a él mismo y a aquella momia que nadie echaba en falta y cuyas vísceras se guardaban en tubos de ensayo. No tiraba la toalla, no quería que los de la Científica confirmaran la teoría de que JB era un fósil, un galápago; en otros casos había tenido menos bazas y había salido airoso; en éste contaba con un cuerpo, un sospechoso y unos testigos que se veían a sí mismos como espectros de un crimen lejano, cuyos recuerdos ya no les pertenecían. El miedo a que la investigación se pusiera en marcha habría torturado en secreto, noches y noches, al autor o a la autora del crimen. En estos casos sabía por experiencia que los asesinos tienen sueños liberadores. «Sueñan —le había alertado en otros tiempos el veterano Richard, el de la teoría de la cebolla— que son inocentes para descargar el peso de la conciencia; así como los inocentes que han estado cerca de los hechos sufren pesadillas contrarias, en las que se sienten culpables.»

Testigos y actores esperaban su llamada y él sabía, por experiencia, que después de veinte años sólo el culpable podría rememorar el escenario y el argumento del crimen y sólo él, por paradoja, se refugiaría en la amnesia; sería muy difícil encontrar una prueba rotunda, una deducción lógica, en un suceso de veinte años atrás; sería imposible que los que conocieron a aquella mujer fría y extraña a la que le gustaba montar a caballo y vivir historias que no pueden ser contadas recordaran, si no era inventándolo, sus propias vidas y aún menos la de la checoslovaca.

El talento de cualquier investigador se basa fundamentalmente en la paciencia, y de eso le sobraba a JB; no tenía nada que hacer hasta el día que lo enterrasen, estaba dispuesto a esperar meses y años para recuperar algunos recuerdos de los testigos. Durante días y noches auscultó las pistas, consultó calendarios, facturas, diarios, hojeó nuevamente los informes, revisó las pruebas: las uñas guardadas en un estuche de plástico, el vello pubiano, los espermatozoides congelados sacados del interior de aquella mujer a la que habían encontrado semen y champán en el cuerpo. Como en otras ocasiones, la muerta se había apoderado del corazón del policía. El Jefe le gastaba bromas diciéndole que era un viudo perpetuo y que le gustaba ser novio apasionado, paciente y desesperanzado de las asesinadas; tal vez porque sólo las muertas le eran fieles y siempre le esperaban. Era desdeñoso con todos, excepto con las víctimas. Cada muerte de una mujer le atormentaba, y se dedicaba, totalmente, a la tarea de vengarla. Durante días y días intentó sonsacar a la nueva inquilina del apartamento, a las mujeres de la limpieza, a los conserjes del periódico en donde trabajó Dúrsila. Todos coincidían en que ella era muy esbelta, muy rubia, muy alta, gélida, distante y que también era una nómada, una apátrida que bebía champán y que desapareció sin llevarse el equipaje. Hasta el momento había logrado que dibujaran, aunque borrosamente, algunas imágenes de la noche de diciembre. Ahora había que sacar de entre los escombros de la memoria la verdadera historia, rodeada de oscuridad, mentiras y trampas. «Los padres de la víctima no dan señales de vida —le dijeron en la brigada—, ni siquiera se ha podido averiguar su actual dirección, por los datos trastocados después de la partida del país de origen.»

El viernes por la noche JB fue a rezar al Cristo de Medinaceli, puso una vela en recuerdo de su madre, y en la puerta, comprando velas y dando limosna a un mendigo portugués que mostraba los muñones, encontró a Araceli, su antigua novia, que le visitaba todos los jueves en su casa de Embajadores desde que él ganó la Vuelta Ciclista a Vallecas. Araceli se escapó del pueblo en los cincuenta, cuando moza, porque le habían «hecho una tripa». Trabajó de asistenta para sacar adelante a la criatura y puso en el niño todos sus sueños; lo llevó a colegios caros y, como era buen estudiante, buen deportista y quería ser piloto de guerra, Araceli tuvo que hacer horas extras. Se acostaba los jueves con el señor de la Policía en una casa donde había muchas bandejas, muchas cañas y muchos libros de setas. Araceli, que era muy limpia y muy cristiana, aguantó las borracheras y las resacas de JB hasta que el chico le envió una foto desde Estados Unidos, con la gorra militar en la mano, al lado de un caza. Entonces Araceli le dijo a su novio que era mejor que lo dejaran. Aquel viernes se encontraron, los dos con la vela en la mano. JB preguntó por su hijo y ella le informó de que ya estaba en el extranjero y de que sólo se codeaba con alemanes, ingleses y norteamericanos.

—Le habla a una chica que es hija de un almirante.

—Me alegro.

—Juan: tienes un gran corazón. Nos has ayudado mucho. Siempre rezo al Cristo por ti. ¿Cómo te apañas?

—Bien.

—¿Has vuelto al Cuerpo?

—Sí.

—Abrígate.

Se despidieron. Ya que no podía irse a la sierra a ver las luciérnagas y a escuchar los grillos, se encerraría en su casa de Embajadores para ver los partidos de fútbol; por consiguiente, hizo la compra en el supermercado y alquiló dos películas pornográficas. Llegó a casa y no encontró nada vivo excepto una cucaracha, al lado del cubo de la basura. La cucaracha, negra, brillantísima, le quitó el hambre que traía, y sintió ganas de tomar una copa. El bicho le había creado la angustia de las resacas. Esperaba pasarse un fin de semana de *dolce far niente*, pero durmió mal, entre pesadillas y sudores, y el sábado a primera hora de la noche le llamó Del Arco para darle un sablazo, que disfrazó de trueque.

—¿Qué hay, chapa?

—Hola, julai.

—Ando canino.

—¿Qué necesitas?

—Veinte mil duros. Pero te ofrezco un trato.

—La petaca y paces.

—No. La petaca James Dixon Sons, sólo si descubres al asesino.

—¿Cuál es el canje?

—El sombrero de don Anselmo, el que mató a Alicia Broto. Te vale para pescar.

Quedaron en La Gaceta el domingo. JB pasó por Neptuno y por Cibeles con su jeep; no se veían más que extranjeros por las cercanías del Museo del Prado. Y fue al pasar junto a Cibeles, bajo el sol tibio, en la claridad pálida del invierno, cuando ideó una nueva táctica para acercarse a Jesús Aguilar; después de esperar tres días inútilmente a que la pieza entrara en la buhardilla de Conde de Xiquena, comprendió que había elegido un camino equivocado; tampoco podía arriesgarse a tomarle declaración formal, con abogado y fiscal, así que decidió buscar la complicidad de Del Arco para llegar hasta el sospechoso. Para ello urdió en su imaginación un careo informal entre todos. Uno de ellos podía ser el actor principal y los otros cómplices o, cuando menos, testigos. Ideó entrevistarse con todos los que hasta el momento había descubierto, no ante el Media Hostia, ni en la sede del juzgado, ni en un departamento de la Policía, sino en el reservado del primer piso del bar La Gaceta, donde en otros tiempos los reporteros de sucesos y los policías jugaban al póquer. Decidió reunir a la Pavana, a la Gaditana, a Jesús Aguilar, a Del Arco, a Gallo, el policía, sin la presencia de ningún ropón, ni tampoco del Jefe. Entre ellos podría estar el actor principal y, entre todos, recuperarían los días y las circunstancias del crimen. Cuando llegó a La Gaceta encontró al reportero Del Arco muy aseado y sereno, con sus ojos de víbora cansada. JB le puso al corriente de su plan:

—Pretendo reunir a algunas personas que tuvieran relación con Dúrsila Nézval. Entre ellas, tú mismo. Pero para eso, primero me tienes que presentar a Jesús Aguilar.

—¿Cómo?

—Como se ojea en las cacerías.

Del Arco comprendió.

—Hace mucho tiempo que no sé nada de él. Lo mejor será que le llame y quedemos.

Llamó a Del Arco, y le dijeron que andaba de montería; pero hizo un par de gestiones, y con la celeridad del reportero consiguió el teléfono portátil, mientras JB leía la prensa deportiva. Le habló a Jesús Aguilar de «un amigo que quería informarle de asuntos relativos a Dúrsila Nézval, recientemente fallecida»; no le dijo que era policía, y le adelantó que estarían presentes algunas personas que la frecuentaron. JB llamó a Gallo, a la Gaditana, a la Pavana. Quedaron al día siguiente, todos, a las ocho de la tarde, una hora un tanto intempestiva para un careo, aunque fuera un careo atípico, un juego de la verdad para conseguir recordar algunas cosas del pasado.

El día de la cita, el primero en llegar fue Jesús Aguilar, que antes de saludar a nadie pidió un whisky. Cabello blanco, alto, corbata y chaleco de Armani, zapatos de color caña, abrigo de color camello; a simple vista se comprobaba que pertenecía a la casta. Ese hombre alto de tan buenas formas, de tan magníficos zapatos, no parecía el original del retrato-robot que JB tenía en la cabeza. Pero estaba muy claro que Aguilar era el libertino que creía que la cama era para los enfermos. La Pavana lo resumió así: «Me han contado que el Jesucristo sólo usa el pulguero cuando anda cascado. Le gusta montárselo en los ascensores, en los garajes, en los tigres, jamás en la petaca.» Tampoco JB pudo imaginárselo como lo había descrito la Pavana, con arillo en el lóbulo de la oreja y cabello de profeta; ahora parecía más un actor maduro, un triunfador en los negocios. Ya no era el ángel de rizos rubios al que las mujeres les gustaba acariciar desde que era un niño. El caballero alto y rubio, con los ojos irónicos y azules, se comportó con una mezcla de soberbia y de desprecio hacia todos.

—Cuando se descubrió el cuerpo —dijo con tranquilidad Aguilar—, me puse a disposición del jefe de la brigada. Pero no he tenido noticias de ustedes.

—Hemos tenido que hacer algunas averiguaciones, revisar facturas, comprobar teléfonos, antes de molestarlos.

—Yo estoy a su disposición.

Llegó casi al mismo tiempo Gallo, trajeado, con sus aires de matón; los zapatos brillantísimos, el cigarro ladeado.

—Yo te dije lo que sabía, Belalcázar, no sé por qué me tocas los cojones.

—¿Quieres que te interrogue con orden judicial?

—Lo que tú digas, pero insisto, no sé más que lo que te conté.

Luego apareció la que para JB era la estrella de la película, la Gaditana, con su cabello tan negro, su cuerpo esbelto, su mirada. Aguilar la abrazó, Gallo le dio la mano, Del Arco demostró que la encontraba prodigiosamente atractiva. «La gachí te deslumbra por el caderamen —le diría después la Pavana—, pero ten cuidado porque es una araña, una calientapollas.» JB tenía muy en cuenta no sólo las caderas de la Gaditana, sino las palabras que ella le dijo en la segunda entrevista del apartamento de la plaza de España. En aquella segunda ocasión, tardó mucho tiempo en ganarse, no ya la confianza, que era imposible, sino el respeto. Le habló de la Pavana y sacó de la trastienda de la memoria algo que ni siquiera recordaba el portero: «La Pavana era cómplice y confidente de la checoslovaca, la admiraba como se admira a una tonadillera, y ella, Dúrsila, tenía mucha confianza con la Pavana; se trataban como vecinas.» Contó también que la acompañaba a comprar a las *boutiques* y la puso al corriente de las modas. «Le consultaba sobre el peinado, la aconsejaba sobre la píldora, le prestaba incluso ropa.» A JB le extrañó que la Pavana en ningún momento le hubiera hablado de esa intimidad; habló de Dúrsila con distancia. Cuando le preguntó, al principio de la investigación, por la trinchera Burberrys Look de forro desmontable, declaró que le costó incluso reconocer a la checoslovaca a la luz del mechero, y sin embargo, ahora todo indicaba que la Pavana había sido la confidente de Dúrsila, el alma gemela. JB no sospechaba del portero, pero consideró un dato importante que la Gaditana reconociese que la Pavana y Dúrsila tenían más intimidad de la que él reconocía. También consideró una victoria de su habilidad el que la Gaditana reconociese que había estado enamorada del sospechoso. «Yo viví con el Jesús. Era muy guapo y estuve loca por él. Me fastidia reconocerlo, pero ahora me es indiferente.» «¿Sabía que, mientras estaba con usted, tenía una relación oculta con Dúrsila?» «Me lo imaginé, pero en aquellos tiempos no creíamos en la propiedad; creíamos en el amor libre y en otras utopías. Era el tiempo de las camas redondas, cuando las chicas pasaban desde los colegios de monjas a los jergones; pero yo, entonces, era en ese aspecto anticuada, no me gustaba compartir a los hombres; para mí ya fue mucho perder la virginidad y vivir con él. Nunca le seguí cuando insinuó que hiciéramos numeritos. Seguro que la veía a solas, pero él me lo negó siempre.» «¿Le odia?» «¿Odiarle? No, me es tan indiferente como uno de esos vecinos que me encuentro en el ascensor. Me han dicho que se ha vuelto millonario, que tiene más kilos y que sale con jovencitas. No le veo, ni nos llamamos. Pero insisto, no le creo capaz de matar.»

Por último entró en el bar la Pavana, con una casaca de Marruecos, su mata de pelo, tan abundante como la del borrego de la Legión, ennegrecida con henna.

—Buenos días a casi todos. Tomás el de la Isla, servidor de ustedes. Perdonen, pero me he quedado frito en la parrilla.

Y todos saludaron al portero con cordialidad, a excepción de la Gaditana; estaba claro que no se entendían. La Pavana llegó de buen humor, había regresado el chirlero, porque andaba «cani y con el bicho», después de pasarse una temporada en la cárcel, y volvían a vivir juntos en su apartamento de la plaza Mayor. JB sabía que la Pavana trataba a su amigo enfermo como a un rey. Le interesaba especialmente el encuentro entre Aguilar y su antigua amante. Pero no pudo sacar conclusión alguna; se abrazaron y no se dijeron nada. Luego, JB tomó la palabra:

—Soy policía. No tengo mandamiento judicial; así que ninguno de ustedes está obligado a declarar. El objetivo de esta reunión es intercambiar información con personas del entorno de Dúrsila Nézval. De sus palabras haré un informe sin validez procesal. Seguramente el caso se archivará. Ustedes eran amigos de Dúrsila y pienso que tendrán tanto interés como la Policía en averiguar qué ocurrió.

JB sospechaba de todos, pero el perfil de Aguilar se destacaba entre los demás: un fin de raza partidario de los números eróticos, con tendencias sádicas. Y sin embargo, visto allí, sentado, parecía un caballero. «El crimen —le había dicho el doctor Armando— puede haber sido cometido por un caballero, uno de esos señores que no tienen la moral de los esclavos, como dice el filósofo.» El doctor Armando, con sus guantes verdes, le había dado una conferencia a ratos, mientras tomaban café, sobre el componente sadomasoquista de ese asesinato. Le había convencido de que alguien había sodomizado y torturado a Dúrsila hasta matarla, sólo para obtener placer. «Alguien con refinamiento; la mató cuando ella estaba vestida para una fiesta. Típico sádico. El sadomasoquismo lo desconocían las sociedades primitivas y llegó muy tarde a las capas populares. Aquella mujer fría que llegó de Checoslovaquia traía un componente masoquista, una fantasía típica de los pueblos torturados y perseguidos.» Jesús Aguilar encajaba perfectamente con el tipo de asesino de esas características, pero fuera él mismo o fuera otro, era casi seguro que eso que llaman amor había entrado en juego.

Llevaba muchos años en la Policía para ignorar que la pasión sexual era cómplice de la mayoría de los casos de asesinato. Los afectos desbaratados, la seducción frustrada, el instinto irresistible, la búsqueda y la conquista de la belleza iban de la sublimación a la bajeza. La falta de esperanza, los celos y las frustraciones se armaban muchas veces de pistola o de navaja. Allí estaba también sentado, con su dolor de estómago y su aspecto derrotado, Del Arco, que pudo asesinar a su ex esposa por celos, y la Gaditana, pécora, que pudo destruir a Dúrsila para interrumpir la pasión incontenible y enferma que el Jesucristo sentía por ella, y Gallo, un rufián de la Policía, especialista en cloacas, que pudo matarla para que no contara a un grupo de progres que en realidad ella era una agente de la madera. Allí estaba la Pavana, que tanto le ayudaba en la investigación, y que había sido, aunque lo negara, consejero de la elegancia de Dúrsila Nézval. ¿Por qué se odiaban el portero y la Gaditana? ¿Tenía algún significado oculto el hecho de que se hubiera llevado la trinchera? JB, muy cordial, les repitió varias veces que la reunión era informal, que la conversación no figuraría en el sumario, que no se trataba de una declaración, sino de un cambio de impresiones. Les pidió que hiciesen memoria y se situaran en 1978.

—Me interesan tanto sus recuerdos en general como su memoria de la víctima.

CAPÍTULO XII

—

DEL ARCO PIDIÓ BICARBONATO

Del Arco, que hablaba por teléfono, pidió bicarbonato en la barra. Su mirada gris y apagada se dirigió a Aguilar por lo bajo.

—El policía es colega.

—No hay problema. ¿Cómo te va?

—A la deriva. ¿Y a ti?

—Sobrevivo.

Cuando todos se acomodaron ante las copas, en la penumbra del atardecer, debajo de la cabeza disecada de un jabalí que nunca nadie supo qué hacía allí, en un bar de reporteros, JB sacó el cuaderno de la tabla de multiplicar y siguió su discurso.

—Me agradaría que entre todos hiciéramos memoria del tiempo. Como sabrán por la prensa, una de las personas aquí presentes encontró el cadáver en el sótano situado en un edificio de apartamentos que pertenece a otro de los que están aquí. El cuarto es una mezcla de bodega y de trastero. Al levantar el cuerpo de la víctima, tanto el juez como la Policía y los forenses se extrañaron de que careciera de algunos de los síntomas de la putrefacción. La mujer fue asesinada de catorce puñaladas, con un cuchillo de los que se usan para matar cerdos. Los forenses, después de analizar las vísceras, mantienen la hipótesis de que fue asesinada hace mucho tiempo, aunque se haya mantenido el cadáver relativamente bien, por un extraño proceso de momificación. Después de una serie de pruebas y análisis se ha podido deducir que la mujer es Dúrsila Nézval, de nacionalidad checoslovaca, que llegó a Madrid hace más de veintitantos años, pero es muy probable que su fallecimiento ocurriera hace veinte, entre el 21 y el 22 de diciembre. Antes de morir, estuvo en una fiesta a la que asistieron algunos de ustedes. Después iba a ir a otra fiesta, como lo atestiguan su vestido y su bolso; pero nunca llegó a salir porque la mataron. Insisto: esta reunión no es para buscar pruebas, sino para intentar recuperar imágenes y detalles de aquella noche, y más que de aquella noche, de aquel invierno.

En la sala rectangular había dos lámparas bajas de mesa de póquer con telarañas, un tocadiscos de los años cuarenta y unos chesters de cuero verde, una alfombra sucia y unas mesas pequeñas con tableros de ajedrez. El barman subió una bandeja con una botella de whisky y varios vasos para Del Arco, Gallo, Aguilar, la Gaditana y la Pavana. Sólo JB pidió un café con leche. Del Arco, que tenía el papel de amigo del policía, inició el juego con su larga nariz colorada con cráteres:

—¡1978! Tiempo de quimeras.

Gallo apostilló:

—Por vez primera, en aquel verano, se vieron los

senos de las mujeres en las playas. Eso es lo que yo recuerdo.

Del Arco le dio la réplica:

—La gente empezó a usar tarjetas de crédito.

La Pavana dijo con un gesto femenino:

—La falda empezó a llevarse por encima de la rodilla.

Gallo:

—Aquel verano hubo campos de nudistas.

La Pavana:

—Aparecieron travestís con senos de plástico.

La Gaditana:

—No tengo mitificada aquella época. Me acuerdo, por ejemplo, de que ponían en la tele «La abeja Maya», me acuerdo de que no nos maquillábamos, de que autorizaron los casinos, porque algunos dejaron la política a la que ya no le encontraban morbo y se fueron a la ruleta.

Gallo:

—Exacto: autorizaron los casinos.

Del Arco:

—El futbolista de moda era Mario Kempes.

La Gaditana:

—Se llevaban gafas Indo, las mismas que usaban Paul Newman y Robert Redford. También se llevaban los pantalones de plástico transparente.

Aguilar:

—Había mítines en la plaza de Oriente y fachas con banderas, uniformes paramilitares, cruces gamadas. Se preparaban golpes militares; aquello que llamábamos la sombra o el ruido de los sables. Faltaban unas semanas para que se aprobara la Constitución. Habíamos estado un par de años corriendo por las calles, entre los pistoleros de Cristo Rey; gritábamos amnistía y libertad. Lo que yo recuerdo es que se aprobó la Constitución.

—Yo me acuerdo —contestó la Gaditana— de que entonces las vanguardias eran los obreros, no las águilas como ahora, y también me acuerdo de cómo eran los fachas; ahora los veo en los telediarios, los han nombrado a todos directores generales, pero entonces paseaban en coches descapotables con las manos en alto y entraban en los bares donde estábamos nosotros.

—Y nos hostiaban —concluyó Aguilar.

JB había logrado que hablaran más del tiempo pasado que de las propias personas, pero tampoco quería que el examen de la memoria se distanciase del todo del asesinato. Así que interrumpió.

—He conseguido recopilar algunos detalles de aquellos días. Tengo entendido que el apartamento del primero era una especie de sede de partido, un piso de todos, que pertenecía al señor Aguilar.

Aguilar contestó con el whisky en la mano:

—No era sede de ningún partido; todo lo contrario, ahí iba toda clase de gente, de talleres y de redacción, de derechas y de izquierdas. Le habrán contado que teníamos el retrato del Che y que entraba mucha gente rara, y también que había mucha promiscuidad y camas redondas. No se lo crea. Vivíamos muy juntos, eso es verdad, nos unía la pelea política y se iniciaba entonces lo que luego se llamó la movida. Empezábamos a ser libres.

—¿La casa era suya?

—Sí, pero muchos tenían llave para entrar a cualquier hora.

JB siguió:

—Tengo una idea de Dúrsila Nézval que me gustaría contrastar con ustedes.

La Gaditana, con la mirada en el suelo, venció su timidez.

—Estaba buena, como dicen los hombres, pero era vulgar.

La Pavana hizo un gesto de rebote.

—No estoy de acuerdo. Era una modelo, un bodi, una divina.

—Un tanque —dijo Gallo.

Del Arco se quitó el bicarbonato que le había quedado en los labios con una servilleta de papel y se sirvió otro whisky.

Comentó:

—Estoy de acuerdo; era una mujer de caderas perpetuas.

Aguilar, que no compartía la opinión de la Gaditana, matizó:

—No era vulgar; al contrario. Un buen cuerpo no es la vulgaridad.

JB volvió a buscar recuerdos más generales.

—La describen como a una mujer melancólica.

—Tenía —dijo Aguilar— mirada de perro abandonado.

La Pavana:

—Ensueño en la mirada.

JB observó todo el tiempo a Aguilar. ¿Qué hombre no guarda en su interior una inclinación oculta? «Todo lo que existe —decía el cura pecoso de su parroquia en Embajadores— es concupiscencia de la carne, concupiscencia de la vista.»

Durante unos días habló con el antiguo guardia jurado del museo, que ahora era guardia real. Comprobó que la adicción de Aguilar al Museo de Cera no era reciente; formó parte de sus fantasías a lo largo de los años. Preguntó si estaba la Virgen de Fátima entre las figuras de cera y el guardia dijo que no, pero confirmó que Aguilar llegaba muchos días a la hora del cierre, con mujeres diferentes. «Algunas no tragaron. Otras sí.» El guardia real había consentido muchas veces que llegara el extraño visitante, siempre a la hora del cierre, en la oscuridad. Estaba claro que Aguilar había engrasado al guripa, pero éste no lo reconoció. JB le apretó las clavijas, le dijo que se jugaba la pipa y le convenció de que dijera la verdad o le podía colocar los grillos. Cantó: «Mucha gente relaciona el Museo de Cera con el terror, con lo morboso, por las películas y por la tele. Alucinan y desvarían cuando visitan las salas, sobre todo las del crimen. A ese chorbo le gustaba llevar muchachas a la mazmorra de torturas de la Inquisición y también a las galerías donde están los reyes de España y de fuera de España, Viriato, Aníbal, Julio César, Cleopatra, Nerón, Trajano, Adriano, don Rodrigo, Abderramán III, Almanzor, Boabdil, los Reyes Católicos, Juana la Loca, Carlos I, Felipe II y todos los demás hasta los últimos. Una vez hizo el amor en la cama de la enfermería donde yace el torero muerto, pero lo que más le gustaba eran las salas de los crímenes y, sobre todo, el camastro donde se suicidó Antonio Teruel; también desvariaba con la cueva de Tragabuches, entre orzas y espingardas, y en la mazmorra de torturas de la Inquisición.»

Un informe reciente de la brigada añadía a su memorial de perversidades que a Aguilar le gustaba que le hicieran felaciones delante de El Pardo, y se montaba la fantasía de que el pequeñito le miraba desde la ventana, al lado de su nieta. Incluso habían averiguado que en los días en los que el papa llegó a Madrid, el Jesucristo alquiló un apartamento con cama de matrimonio y una colcha-casulla en los Edificios Colón. Desde esa cama, en pelota, mientras el pontífice decía misa y leía la encíclica, Aguilar miraba a la plaza mientras se la chupaba una chica que le traía a la memoria a María de Egipto.

JB recordaba todo eso mientras hablaba con Aguilar y con los otros en La Gaceta, interrumpiendo la conversación siempre que el camarero llegaba para poner platos de patatas fritas o boquerones en vinagre.

—Una noche —dijo JB mientras pensaba en la escena de Aguilar con una torda mientras el grajo blanco decía misa al lado de Cristóbal Colón— Dúrsila desapareció, pero aún no hemos llegado a ese momento; me gustaría que recordaran, si les fuera posible, cómo la conocieron.

—Yo —intervino Aguilar, sonriendo— la conocí en

el ascensor del diario. Se presentó como la mujer de Del Arco.

Dúrsila Nézval le había relatado a la Pavana cómo conoció al Jesucristo. «Nos vimos en el bar, nos miramos, el Jesucristo era muy atractivo, me preguntó que quién era, le dije que la esposa de Del Arco, me miró otra vez como si viera algo detrás de mis ojos, y cuando subimos en el ascensor me besó.» Pero la Pavana hacía su propia traducción: «Se conocieron en el bar y fliparon. Como Aguilar es un golfo, le metió mano en el ascensor de la noria.»

JB había subido en el ascensor del diario, que ya no funcionaba en el ministerio, para recrear la escena; dedujo que la Pavana mentía, porque los amantes clandestinos tenían muy poco tiempo para un lance de esas características; lo más que pudieron hacer, por el poco tiempo que transcurre, es besarse como había dicho Dúrsila Nézval. El ascensor, abierto, con cajones de madera clara y una polea que daba la vuelta en lo alto del rascacielos, supondría, desde luego, una tentación para Aguilar, al que no le atraía nunca lo obvio.

—¿Cuándo iniciaron su relación secreta Aguilar y Dúrsila?

Aguilar hablaba del final, no del comienzo.

—Una noche Dúrsila se fue. Un día apareció por Madrid y un día desapareció. Se dejó en casa las cosas que tenía, una maleta, ropa, maquillajes, cera y una foto en la que ella estaba en la plaza de San Wenceslao. No me extrañaría que la hubiera matado la extrema derecha.

Todos miraron a Gallo, algo puesto con la copa. A JB no le extrañó que hubiera esnifado, porque últimamente iba también de periquero, y se puso bocazas; desestabilizó la charla.

—Estoy hasta los huevos de estas historietas.

—¿Por qué? —preguntó JB.

—Porque estos mendas van de mártires, y a los que nos mataban era a nosotros.

Aguilar hizo ademán de levantarse.

—No soporto a los fascistas.

Gallo también se levantó, amenazante.

—Y yo no soporto a los hijos de puta.

Aguilar se iba, cuando JB les dijo a los dos:

—Vamos al juzgado. Ya que lo han querido, haremos un careo de verdad.

—Pero para eso hace falta una orden del juez.

—Aquí la tengo.

—Entonces, ¿para qué este juego?

—Se lo contaré todo delante del fiscal.

La Gaditana se levantó y dio un beso a Aguilar; Del Arco se metió un doble whisky en la garganta. La Pavana se acercó a JB y le dijo:

—Vas a meter la gamba, James Bond.

JB estaba ensimismado, recordaba en aquel momento el 78, cuando el futuro parecía tan inseguro y llegaban la apertura y el destape. Le dijo a la Pavana:

—Vente tú también a verle el morro al juez. Y todos ustedes, si quieren; no están obligados. Continuaremos la juerga delante del Media Hostia, que tiene un punto.

Salieron.

CAPÍTULO XIII

—

ALGUNOS ENIGMAS

JB llevaba ante el Media Hostia a un grupo de sospechosos como si fueran al fútbol, después de tomar unas copas. Iban locuaces, sin una preocupación especial. Como el Media Hostia era capaz de empapelarle no sólo a él, sino a su santa madre que se pasó la vejez rezando el rosario, se había cubierto y dio a la visita un carácter informal. Al trabajo de recopilación de datos no lo llamó denuncia o atestado, sino informe. «He sugerido al grajo —le dijo a la Pavana— que no cite en calidad de testigos, ni por supuesto de imputados, sino como a los últimos que frecuentaron a Dúrsila en los tiempos de Madrid.» JB no esperaba ninguna declaración definitiva, ni que alguno dijese algo trascendente; sin embargo, ya había urdido para sí mismo una fabulación. Apenas había pruebas, y él se movía en la trama de una historia verosímil. La verdad en un asesinato se abre paso de modo lento, laborioso y laberíntico, y más en este de memoria selectiva y amnesias premeditadas; la Policía no es tonta, y se guardaba algunas cartas del mazo. En el viaje a los juzgados, Aguilar se colocó en el asiento delantero; la Pavana y la Gaditana, atrás; Gallo, muy quemado, iba en otro coche, en plan perdonavidas, acompañado de Del Arco. Le gustaba la excursión, que le recordaba los tiempos en los que metían a los homosexuales y a los rojos en las lecheras y luego los sentaban en sillas de púrpura, sillas de canónigo, delante de los cucarachas, bajo arañas refulgentes y ángeles de oro, después de acercarse al altar de la ley por escaleras de mármol. Ahora le habían contado que los juzgados eran como supermercados con ordenatas, y no como en los buenos tiempos, cuando los jueces parecían exactamente cardenales, algunos locas y la mayoría avinagrados. En el otro régimen, algunos palacios se habían reconvertido en prisiones y juzgados. La Pavana recordaba Las Salesas, el palacio que mandó edificar una reina gorda y portuguesa que se llamaba Bárbara de Braganza, al lado del convento de la Visitación. Le había contado un panadero comunista, una vez que estuvieron detenidos juntos, que los del Foro cantaban: «Bárbara reina, bárbara obra, bárbaro gusto, bárbaro gasto.» En el 77, los comunistas dejaron de ser ilegales; «y las adúlteras y los culeadores», pensó la Pavana. En el 78, los niños aprendían en las escuelas la Constitución y ya nada era igual que antes, cuando las lecheras abrían las puertas al ver a la Pavana sin que los conductores apretaran el botón. La Pavana, que se acordaba de todo y también de JB, dijo:

—Como en los buenos tiempos, vamos a ver al cucaracha.

—No te pases, Pavana —contestó JB.

—Me acuerdo como si fuera hoy cuando los de la pasma y los del very eran verdaderos killers.

—Por mí no lo dirás, Pavana. Yo en el puto Cuerpo lo único que hice siempre fue doblar el tirante.

—Y la gente, tragar garrote.

—A mí me dieron la pipa y la placa cuando salí de la escuela, y a buscar asesinos. Nunca me metí en política.

JB pensaba, cuando se acercaban, que efectivamente tenía razón la Pavana. «Ahora no —sonrió para sus adentros la Pavana— guardan a nadie por ojete, y los de la Policía respetan las señales de tráfico.» ¿Qué le iban a decir a él de Gallo y de su propio jefe? «Policías con plus de peligrosidad por la cara, policías con el hierro en el sudado o en la sobaquera, marcando paquete y galleta por la noche; agentes sin espinazo desde soguillas que ascendían porque no discutían orden alguna en un Cuerpo jerarquizado y al capricho de los políticos de turno.» El peor de los patrones con los funcionarios decentes es el Estado; pero JB bromeó con la Pavana:

—A ver si no estás limpio y su señoría te pone los grillos por camello.

—Yo paso de perico, James Bond. Tú lo sabes. A mí me gustaba vacilar con nieve como a ti con whisky.

Al oír el nombre, JB sintió la necesidad de un chupetín, pero se aguantó las ganas de meterse un trago. Le había prometido a Del Arco que sólo le daría a la priva en la cantimplora del condenado. Entraron en el edificio del juzgado pasando por el detector de metales; los guardias también habían cambiado: eran privados. Esperaron largo rato en una habitación, en cuyas paredes estaban las fotos de los terroristas más buscados y unos prendas reclamados por narcos; en el tablón de anuncios habían colocado las convocatorias para la huelga de funcionarios del ministerio. Vieron en la misma sala a tres personas con aspecto de gitanos, no de ciudad, sino de relente, acompañados de una abogada muy joven. JB le aconsejó a Aguilar y a los demás que podían llamar a algún abogado, pero prescindieron de ese derecho. Se llevaron a los gitanos, seguramente ya había llegado el canguro para trasladarlos a la cárcel; los detuvieron sin amparo, según pudo constatar la Pavana. Aguilar siguió en su actitud muy fría, se quitó la corbata, que se metió en el bolsillo, pidió a un conserje que le trajeran tabaco y una copa; no aceptó la invitación de JB de que llamara a su casa para comunicar lo sucedido. Un pico los llamó y entraron en el despacho del Media Hostia. El juez, con las gafas de babero, conocía a dos de los testigos o tal vez a los imputados; a Gallo, de sumarios sobre la guerra sucia, a Aguilar porque su familia era, como la suya, de Montilla.

—Buenas noches —dijo el Media Hostia—. ¿Qué tal? No todos los días tiene uno la oportunidad de hablar con un paisano.

Aguilar, que de pronto estaba preso de una extraña euforia, contestó al juez:

—A los dos nos enseñaron que el Gran Capitán ganó la batalla de Garellano.

—Gracias a que le enviaron de Montilla unas cuantas arrobas de vino.

—Cuando la infantería española era la mejor del mundo.

Se rieron al coincidir en sus recuerdos escolares. Entró el fiscal, al que JB consideraba un soplapollas, uno de esos pijos engominados que se sabían de memoria el Código Penal. Habló el Media Hostia:

—Están aquí en calidad de testigos, no de imputados, y para ser más exactos esto no es una comparecencia, sino un cambio de impresiones. Como saben, los testigos, si no dicen toda la verdad, pueden ser acusados de perjurio, pero éste no es el caso; queremos sencillamente contrastar el informe del policía que lleva el caso con sus recuerdos. Prescindo de las frases de ritual y les advierto otra vez que si fueran imputados tendrían derecho a mentir; siendo testigos han de decir la verdad. Como los hechos son tan lejanos y sólo pueden ser recordados vagamente, me conformo con que colaboren con la justicia.

El fiscal les recordó que tenían derecho a un abogado.

—Si así lo deciden —continuó el Media Hostia—, suprimimos esta comparecencia, por el momento, hasta que lleguen los letrados. Yo creo que no procede, porque esta vistilla es de indagación.

Había una funcionaria ante el ordenador, pero se salió taconeando por orden del Media Hostia, que daba a entender que en aquel primer contacto no se iban a transcribir las declaraciones de los testigos.

—Me inquietan en este asunto algunos enigmas y me gustaría dirigirme en primer lugar —se puso las gafas para buscar el nombre de la Pavana— a Tomás el de la Isla para que hablara antes que los demás citados. Así que ustedes se pueden ir a dar una vuelta por los bares del barrio hasta que les llegue su turno.

Salieron Aguilar, Gallo, la Gaditana y Del Arco y se quedaron solos el policía, el juez de instrucción y el fiscal.

—¿Por qué —preguntó el fiscal dirigiéndose al portero— estaba en el cuarto trastero la trinchera Burberrys Look que le pertenecía?

—Señor juez, yo no me acuerdo.

—Haga memoria.

—Seguramente porque se la dejé a Dúrsila.

—¿Por qué?

—Porque ella no tenía mucha ropa.

—¿Y esa trinchera le pertenecía a usted?

—Sí. Yo usaba la trinchera en un número en el que me lo montaba de sado.

—Este dato tan sugerente me era desconocido.

—Era el tiempo de los espectáculos de travestones.

El Media Hostia, con las manos sobre su mesa, miraba por encima de las gafas, e indicó al fiscal que siguiera interrogando.

—¿Y por qué —preguntó el engominado— se llevó usted la trinchera del cuarto trastero?

La Pavana miró a JB con cara de asesino, luego al juez y se enfureció.

—¡Quiero un abogado! No me fío ni de los maderos, ni de los ropones, yo le expliqué al policía que me llevé la trinchera porque tenía miedo de que me cayera encima el marrón.

El Media Hostia indicó al fiscal que lo de la trinchera estaba aclarado.

—¿Qué recuerda usted —siguió el fiscal— de Dúrsila Nézval?

—Era la que hacía el mejor *strip-tease* del mundo.

JB palideció. Ve por la vida de enterado, gánate un prestigio de Kalikatres, ronea de sabueso, tírate el folio, llévale al juez los papeles para que te puentee una loca a la que estás financiando. La Pavana pasó de soplón a sospechoso no desde ese preciso instante, sino desde las noches anteriores, en las cuales JB había pateado los tugurios buscando el rastro del Jesucristo. En esta tangana todos los prendas tenían doble vida. Pudo saber que el antiguo anarco del arillo no se dedicaba sólo a derribar el Estado: también frecuentó un garito donde se despelotaba Dúrsila Nézval, y lo más probable es que además pusiera el cazo. Se lo dijo un viejo reventa que antes trabajó de camarero en el garito.

—Si no la tenía al punto, estaba a cinco minutos.

Sabía también que la Pavana se había travestido en la función, pero no podía creer lo que escuchaba: le había ocultado información y ahora se la ponía en bandeja al media sotana. Menos mal que el juez tenía en sus manos pequeñas, debajo de sus gafas a media asta, el informe que le había facilitado el policía, del que tanto el juez como el fiscal sacaban los datos en los que se basaban las preguntas. JB no podía creer que el testigo revelara una información esencial de la que en ningún momento le había hecho partícipe, a pesar de haberle sobornado. Aprendió aquella noche algo que no se imaginaba referente al alma humana y a la doblez del que consideraba un testigo transparente; del interrogatorio surgió una Pavana diferente, conocedora del jeroglífico y de todos los juegos de la simulación. Sospechó que, hasta entonces, el portero le había estado corriendo la mano, le había escondido detalles y había jugado. Pensó que el rebote, las ganas de arañar, se las habría provocado saber que JB había contado al juez pequeñito el detalle de la trinchera. La Pavana recuperaba, ante todo el aparato de la justicia, una prodigiosa memoria y les daba detalles que a él le había ocultado. Explicó algo misterioso, que nunca se hubiera imaginado en el principio, cuando observó el cadáver de Dúrsila Nézval: que la checoslovaca había hecho *strip-tease* y se había juntado con gente de la mala vida. JB no se perdía las películas del Oeste o las de cabarets si se enteraba de que había *strip-tease.* Claro que tampoco la Pavana sabía que tres noches antes, en el garito del Casino, JB le había metido la pistola en los riñones al Guadaña, un presta que en un tiempo estuvo de barman en una timba de La Florida, donde después de las largas noches de la Señora y el Bakarrá se organizaban espectáculos con todo el mundo hasta el culo de coca y de hass. JB sabía, por lo tanto, que Dúrsila Nézval había bailado desnuda en el pequeño tabladillo del chalet, pero no lo había incluido en el informe que facilitó al Media Hostia, primero porque no tenía bien agarrado el suceso, segundo porque quería reservarse información que en un momento determinado utilizaría como un garrote. El Guadaña, que era un negrón para los propios canallas, baló bien pronto y le dijo a JB que sí, que en el año del catapún bailó allí una guiri maciza que iba con la travelona de la Pavana. JB le preguntó si conocía a Aguilar, y después de hacer memoria lo reconoció y dijo que aquel que parecía de un paso del Cristo de la borriquilla sí que cayó por allí, pero que no era jugativo, iba más bien de macarra.

—¿Ha dicho usted *strip-tease*? —preguntó el Media Hostia.

—Eso he dicho.

—¿Y por qué lo sabe?

—Porque bailábamos en el mismo espectáculo.

—¿Juntos?

—Las dos hicimos de niñas del agarro.

—Hábleme en cristiano —dijo con palabras frías el juez.

—Fuimos, para que usted me entienda, compañeras de trabajo. Ella se desnudaba y yo me travestía.

El pasmo de JB por Dúrsila se hizo más intenso. Se imaginó a la muerta con cabellos de oro quitándose las prendas de vestir, poco a poco, hasta desprenderse de las bragas, que le faltaban cuando yacía entre un dibujo de tiza. Su interés por la muerta creció, y asimismo la desconfianza por el portero.

—Dúrsila —siguió la Pavana— tenía unas bonitas piernas que le salían de la cintura.

—Pero no sabíamos —dijo el fiscal— que bailara.

—Había estudiado ballet y era una estatua. Al principio, sólo la veía pasar desde la centralita, y parecía una modelo. Iba a casa de Aguilar, al primer piso. Luego nos hicimos colegas y me contaba su ruina. Estaba separada, no tenía casa, perdió el trabajo en el periódico donde también estaba su ex marido. Yo bailaba entonces en un garito de La Florida que era a la vez timba y cabaret y la metí en el enjambre. Dúrsila me dijo que sabía bailar; no sólo sabía bailar, también sabía muchos idiomas, conocía de memoria los poemas de Lorca, había estudiado para ingeniera atómica y había hecho ballet. La llevé al garito, y así hizo sus primeras armas.

—¿Era un burdel?

—No, señor. Dúrsila no era ningún putón. Era un cabaret clandestino; antes de legalizarlo se jugaba allí al bingo, y metían las bolas en las neveras para notarlas al tacto; luego fue garito y un cabaret muy especial, un sitio frecuentado por perdularios, un antro; pero también iba gente de postín, hasta obispos y fiscales, como usted; había un juez vicioso que se jugaba hasta la toga. Llegaban a las tantas bujarrones de categoría. Dúrsila no tenía carnet de artista, y yo le presté vestidos, maquillaje, zapatos y la llevé a la leonera. Ella hacía su show y yo el mío. Yo de travelona y ella de *girl*.

—¿Puede recordar la última vez que vio a Dúrsila Nézval?

—Recuerdo la primera vez que la vi en la piscina como si fuera hoy.

—¿Dónde?

—En la piscina. La vi desde el ventanal del hall con Aguilar y la Gaditana, y estaba espléndida en biquini. Los fósiles se la comían con la mirada.

—¿Cuándo la vio por última vez?

—Lo he recordado noche tras noche. Cuando vivía la veía mucho, nos íbamos de compras y, le repito, era espléndida, rubia, pero no de pote. Sus ojos eran de color azul claro; con el sol, los ojos perdían sus contornos y eran como manchas de leche.

—¿Y dice que hablaba varios idiomas?

—Hablaba ruso, y alemán y español y francés. No recuerdo cuántos más.

—¿Bebía?

—Champán sobre todas las cosas.

—¿Tomaba algún tipo de droga?

—Sólo petas.

—¿Qué más recuerda de ella?

—Llevaba botas Bond, odiaba a los rusos, no creía en Dios, le gustaba montar a caballo. Íbamos al picadero.

—¿Por qué se hizo tan amiga de usted?

—Congeniábamos y la comprendía. Ya le he dicho que nos íbamos de compras.

—¿Qué recuerda usted del día 22 de diciembre de 1978?

—Dúrsila desapareció de pronto y nadie la echó en falta. Yo sí, pero no me di cuenta de su ausencia hasta días después, cuando le pregunté a las mujeres de la limpieza. Atando cabos, por lo que me han dicho la telefonista de noche y las mujeres que limpian, la última noche que se vio a Dúrsila hubo una fiesta, y en aquella fiesta estrenó el vestido rojo, de una sola pieza, y un bolsito de pedrería y unos guantes negros. Estaba maravillosa.

—¿Cómo sabe que se celebró una fiesta?

—Porque por la mañana, al otro día, el apartamento era una leonera.

—¿Olía a marihuana?

—Y a tigre.

—¿Qué más?

—Mi paisana, cuando pasaron los días, se extrañó de que tuviera en casa los papeles, el pasaporte, el permiso de residencia, la maleta con sus cosas; yo pensé que habría pillado.

—¿Pensó qué?

—Que tendría algún romance.

—¿Qué tipo de relación tenía Dúrsila Nézval con Jesús Aguilar?

La Pavana se quedó muda. Miró a JB y éste le dijo desde los ojos:

—Continúe.

El Media Hostia, que estaba muy interesado en la conversación, aprovechó el silencio para ordenar a un policía que fuera al bar a comunicar a los otros testigos que podían irse a sus casas. Ofreció a los presentes cafés y copas. La Pavana, sintiéndose la estrella de la noche, continuó con énfasis tras la pausa:

—Ya le conté al señor Belalcázar todo cuanto sabía del señor Aguilar.

—¿No puede aportar algún detalle nuevo? Por ejemplo, ¿recuerda algo de él en aquellos días?

—Me parece que pasó solo la Navidad.

—¿Y dónde fue su compañera, la Gaditana, con la que vivía?

—La acompañó al aeropuerto, se iba a Jerez a pasar la Navidad con su familia. Yo creo que estaba enamorado de Dúrsila.

Tampoco le había dado ese detalle tan rotundo a JB. Continuó:

—Estaban locos el uno por el otro.

—¿En qué se basa para afirmarlo? —preguntó el fiscal arreglándose la corbata italiana.

—En que cuando se miraban a los ojos no se les ocurrían más que locuras.

—Siga.

—Sabían que estaban cerca de un precipicio y seguían jugando.

—¿Por qué estaban al lado de un precipicio?

—Porque la otra era celosa.

—Pero entonces, ¿por qué vivían juntos los tres?

—Porque les iba la marcha. Cuando llegó aquella rodadora, Madrid era una algarabía, todos se liaban con todos.

—No entiendo. ¿Les gustaba vivir todos juntos?

—Pues sí, en comunas y todo ese mogollón.

—¿No podría recordar quién estuvo en la fiesta?

—Pues no.

JB, que dudaba ya de cuanto decía la Pavana, tenía un preciso esquema de la gente que había pasado por el apartamento de Aguilar porque se lo había contado con memoria prodigiosa la viuda de Felipe, a la que visitó la tarde de antes en el barrio de Carabanchel. La encontró en el bingo cercano a su domicilio y jugó con ella unos cuantos cartones. Le contó que desde que se quedó viuda no tenía otro consuelo que bajar un ratito a jugar. «A aquella chica la quitó de en medio la Policía. Hubo otros casos. Pero me acuerdo como si fuera ahora mismo la última noche que la vi. Mientras la Gaditana hacía las maletas, Dúrsila se arreglaba para ir a una fiesta. Estrenó el vestido rojo, de una sola pieza. Y estaba preciosa. A las diez, aproximadamente, después del partido Italia-España, llegamos Felipe, mi marido, y yo al apartamento. Yo los ayudé a hacer los aperitivos, el Jesucristo bajó al cuarto trastero a buscar vino y champán, y le acompañaron Dúrsila y el portero, que era como de la pandilla. Al poco rato llegó Del Arco solo. Más tarde llegó Luis, un gran tipo, comunista como mi marido, que trabajaba en documentación; usaba jeringuilla pero no para picarse con caballo sino porque era diabético. Si no hago mal las cuentas, aquella noche estuvieron en la fiesta el Jesucristo, la Gaditana, Fernando, una chica francesa con la que salía, Felipe y yo, Del Arco, Dúrsila y Luis.» JB sabía que la Pavana sí que había estado en la fiesta, a pesar de que nunca se lo había contado, e incluso que había acompañado a Dúrsila al cuarto trastero horas antes de que previsiblemente fuera asesinada. Sin contar a la Pavana, habían sido nueve. Pero también JB sabía ya que Gallo merodeó aquella noche por el barrio e incluso por el apartamento. Dicen que la Policía no es tonta, pero Gallo lo había sido, porque en un informe escrito a su brigada, fechado el día 22 de diciembre, precisamente se decía, aunque sin la firma de Gallo, que Dúrsila Nézval frecuentaba a los mismos individuos con los que había trabajado en el diario y que seguían celebrando reuniones clandestinas. No eran nueve ni diez sino once los que aquella noche de la víspera de la lotería habían estado cerca de Dúrsila. Uno de ellos la había matado. Mientras JB hacía la composición del lugar y el tiempo, dijo el Media Hostia con severidad:

—Lo siento; que usted tuviera un número en el que se travestía, para este caso es irrelevante. Pero no lo es que acompañase al señor Aguilar y a Dúrsila al cuarto trastero la última vez que se vio viva a Dúrsila Nézval.

La Pavana se quedó muda. Entonces comprobó que el policía había jugado con él, se habían engañado mutuamente, administrando sus sospechas.

—No recuerdo ese detalle.

—¿No es más cierto que —preguntó el juez— usted sabe que Aguilar mató allí mismo, debajo de la pila de las botellas de vino, a Dúrsila?

—No, no es cierto. Yo no lo vi.

—Tenemos verificado que usted bajó con ellos.

—No lo recuerdo. Prefiero venir con un abogado si quieren hacerme un interrogatorio.

—No está usted sometido a interrogatorio alguno, ni siquiera le hemos pedido que diga la verdad; tan sólo necesitamos de su memoria.

El juez le alentó diciéndole que nada de lo que había dicho iba a ser empleado en su contra, que se trataba de una reconstrucción del tiempo y no de un interrogatorio. Le dio permiso para marchar. Al irse, la Pavana, dirigiéndose a JB, le dijo:

—Lo nuestro ha terminado, James Bond.

CAPÍTULO XIV

—

SENTIMIENTO DE CULPA

Llegaba la hora de Jesús Aguilar. No se presentó en el juzgado en un coche de lujo, sino en un utilitario de ínfima calidad. El anochecer había sido extraño, las tinieblas de Madrid fueron verdes entre dos luces. Llegaba un viento muy frío de la sierra. Vino en calidad de testigo, y JB recordó al ver el orejón de elefante que era de la gente de la casta. Apareció bien vestido; un traje gris oscuro de franela inglesa, camisa de algodón azul con rayas blancas, gemelos y puño doble, una corbata de seda, de color teja apagado, con dibujos apenas perceptibles, cinturón negro de cuero con una discreta hebilla, zapatos negros muy limpios. Perfectamente afeitado; unas gafas poliédricas y negras de golfista, reloj de esfera redonda, correa de cuero oscuro. El Media Hostia lo recibió junto a JB y el fiscal. Colgó con mucho cuidado su gabán negro en la percha deteriorada del despacho. Le acompañaba un abogado de labios gordos y pelo rizado. Aguilar comentó con el letrado el aire de mausoleo del juzgado cuando iban en el enorme ascensor rodeados de ensotanados. El abogado le criticó el excesivo farde, Aguilar dijo sin pesadumbre aparente que llegar al juez era como presentarse a un examen de fin de curso en El Pilar. Le comentó al de labios gordos que había que respetar los ritos. «He dejado de ir a las corridas desde que me enteré de que los banderilleros hacen footing y visitan a media mañana al matador en chándal para describirle los toros que le han correspondido en sorteo.» Miró con cierto desagrado a JB, madera quemada, al que había descrito Del Arco como el último que tomaba seltz en los bares, «un poli que lleva el hierro metido en la parte de atrás del calcetín». A Aguilar no le desagradó por esa razón, sino por su aspecto un tanto atildado y su olor a puta.

Antes de nada, Aguilar confesó su mala memoria y manifestó su extrañeza por los prodigios que había observado en los otros testigos que narraban una noche de veinte años atrás como si hubiera pasado tan sólo una semana. Confesó que tenía más memoria de los objetos, incluso de los aromas, del clima, que de las personas. El Media Hostia preguntó, antes que nada, por objetos.

—¿Recuerda que en el cuarto trastero hubiera un cofre de Marruecos?

—Sí. Pero no era de Marruecos, sino de la isla de Yebra; y no moruno, como se ha dicho, sino hebreo.

—¿Recuerda haber visto en su casa el cuchillo de matanza, que la Policía define como de matazón?

—Lo utilizaba la yaya cuando venía a vernos en los tiempos en que estudiábamos. Ella sabía cortar el jamón al estilo de Montilla; parecía que tocaba el violín.

—¿Recuerda en qué lugar estaba el cuchillo?

—Sobre una tabla de color cobrizo, desgastada; también se la trajo de Montilla.

—¿Notó la desaparición del cuchillo?

—No recuerdo, sólo sé que brillaba y que su mango era negro.

—Haciendo un esfuerzo de memoria, ¿podría decirnos algo del vestido rojo, del bolso de pedrería y de los guantes negros que llevaba Dúrsila la última vez que la vieron viva?

El Media Hostia ordenó a la secretaria del juzgado que pusiera sobre la mesa del despacho el vestido, el bolso y los guantes después de retirar el ordenador. Aguilar los observó durante segundos sin hacer comentario alguno y JB intuyó que los objetos se convertían en fetiches para el Jesucristo, que al fin, con los ojos semicerrados, comentó:

—He visto en las pesadillas muchas veces, a lo largo de estos veinte años, a Dúrsila, siempre con ese vestido rojo, descalza, con el bolso negro en la mano y arrojándome los guantes negros a la cara, como última escena de un *strip-tease* que acababa en la muerte. La escena se ha repetido con lentitud una noche y otra.

El fiscal engominado, cubriéndose la frente con las largas manos, pidió permiso al juez y preguntó:

—¿Soñaba que la había matado?

—Efectivamente. Pero yo no la maté.

—¿Qué explicación da a esas pesadillas?

—Mi siquiatra las traduce como típicas del sentimiento de culpa.

El Media Hostia se interesó vivamente por la información de Aguilar.

—¿Ha visitado al siquiatra?

—Soy hipocondríaco.

—Puede relatarnos los síntomas.

—Suelo padecer, cada año, en primavera, algunos problemas de ansiedad, agorafobia, asfixias y otras molestias en el estómago y en el proceso de la respiración.

—¿Y qué piensa su siquiatra?

—Es una chica lista y da diagnósticos poéticos. Define mi síndrome como «Demonio de Primavera».

—¿Qué le recomendó?

—Ni siquiera me recetó pastillas. Según ella lo que me ocurría era resultado de mi propia angustia y no de otras patologías. Por supuesto que le conté cómo desapareció Dúrsila y le relaté las pesadillas.

—¿Se siente culpable, directo o indirecto, de su desaparición?

—Sí.

—¿Por qué? —siguió el fiscal.

—La ausencia de Dúrsila fue inexplicable, y he llegado a pensar que yo era el culpable.

—Una testigo ha manifestado que fue la Policía quien la quitó de en medio. Utilizo sus mismas palabras: la quitó de en medio.

—No tengo ni siquiera una hipótesis —siguió Aguilar con la cabeza hacia atrás, mirando al techo—. Es cierto que al principio pensamos que podía haber sido la Policía. Preguntamos por ella en la comisaría del Centro, hablamos con Gallo, el inspector, pero ese camino era una charca de mentiras y lo dejamos, por imposible.

El Media Hostia dirigió el interrogatorio a partir de este momento.

—Debemos circunscribirnos a la última noche en que se vio viva a Dúrsila. Esto no es una causa general, ni siquiera un proceso. Nuestro objetivo es más modesto y se limita a hacer un informe sobre un delito que ha prescrito. Ya sabemos cómo era entonces la Policía; pero no es frecuente que la Policía, ni siquiera entonces, matara a alguien a cuchilladas, a no ser que hubieran hecho el encargo a un mercenario. Lo que ignoramos es quién estuvo aquella noche en el apartamento y qué pasó en esas últimas horas.

Jesús Aguilar había recordado en infinidad de ocasiones, en las noches en vela, en los momentos de inquietud y de angustia, cómo transcurrió la noche, y estaba dispuesto a rememorarlo, sin ocultar nada.

—Estoy dispuesto a contarles cuanto recuerde.

—Señor Aguilar —el Media Hostia no quería herir la susceptibilidad de su paisano—, tengo la obligación de comunicarle que hay ciertas pruebas que le podrían comprometer. Y para decirlo de una vez, se piensa que usted tuvo relaciones con la víctima, lo cual sería irrelevante si no fuera porque antes de morir Dúrsila fue sometida a vejaciones sexuales, y si se confirman algunas investigaciones, nos veríamos obligados a someterle a una prueba del ADN.

Aguilar no se inmutó. El Media Hostia añadió:

—Sería imposible obligarle a someterse a esa prueba sin su consentimiento; pero en ese caso usted resultaría sospechoso.

Aguilar, con una sonrisa melancólica, se dirigió al juez.

—No hace falta que me someta a esa prueba. Yo tuve las relaciones que sospechan la noche que desapareció Dúrsila.

—La noche que la mataron.

El Media Hostia habló con extremada dureza.

—La noche que la mataron yo estuve con Dúrsila en el cuarto trastero y mantuvimos relaciones sexuales.

—¿Recuerda a qué hora aproximada bajaron al cuarto trastero?

—Bajamos a buscar vino, sería alrededor de la medianoche y antes de que saliera de viaje la Gaditana.

JB había comprobado que a esa hora no salió ningún avión hacia Jerez, como había declarado la Pavana. El dato se lo pasó discretamente al juez y el Media Hostia se interesó por este detalle.

—Alguien ha declarado que a la que llaman la Gaditana se fue en avión hasta Jerez, y a esa hora no hubo ningún vuelo.

—Es que no viajó en avión —contestó Aguilar—, sino en un tren que sale después de la medianoche.

JB cotejaba un dato que consideraba precioso; pero le inquietaba hasta atormentarle la contradicción que representaba el hecho de que Aguilar y Dúrsila hubieran tenido un contacto sexual la noche que se fue la Gaditana. No podía entender que hubieran buscado una guarida tan incómoda teniendo el campo libre, un apartamento para ellos solos cuando se iba la mujer que representaba el obstáculo para su relación clandestina. Conocía la propensión del sospechoso a la extravagancia y a los números, pero no veía lógico el comportamiento de aquella noche. Pidió permiso al juez para hablar con Aguilar.

—Señor Aguilar —JB consultaba su cuaderno con la tabla de multiplicar—, me ha de permitir una pregunta escabrosa que no haría si no fuera trascendental; no la haría porque roza su intimidad y, por supuesto, no está obligado a contestar. Desde que estoy siguiendo este caso voy sacando en claro algunos hechos absurdos; sin embargo, no puedo entender que bajara al cuarto trastero horas antes de quedarse libre.

Aguilar sabía que el hombre de cuello de tortuga le había seguido como en los viejos tiempos, cuando pertenecía a la FAI. Precisamente su antigua militancia le sirvió para detectar la presencia extraña en Conde de Xiquena, y sus contactos con un dirigente de Interior le pusieron al tanto de la excursión del policía al Museo de Cera.

—Usted —habló mirándole fijamente a los ojos— sabe más de mí que aquel confesor que tanto me atormentó en el internado. Por explicárselo de una manera discreta, los dos teníamos la sexualidad bloqueada y éramos partidarios de forzar las fantasías. Lo que nos gustaba no era quedarnos solos sino desafiar los controles. La relación entre Dúrsila y yo venía de lejos y siempre fue arriesgada. Huíamos de su marido, un hombre de los que usan pistola, y yo, a la vez, de la Gaditana, que era celosa hasta la paranoia. Esas dificultades en las que nos movíamos eran las que nos excitaban.

—Sin embargo —JB iba a utilizar el florete dialéctico—, usted describe esas relaciones como de complicidad y eso no concuerda con los malos tratos a los que sometía a Dúrsila Nézval.

Aguilar se ofendió por vez primera y dijo que a partir de ese momento prefería quedarse a solas con el juez. Cuando se fueron el fiscal, el abogado de los labios gordos y JB, el Media Hostia sacó del cajón una botella de whisky y dos vasos.

—Tendrá que ser sin hielo.

Brindaron y bebieron.

—No me gusta ese policía.

—A mí no me gusta ninguno —contestó el Media Hostia—, pero precisamente éste es buen profesional.

—Me sigue hasta el váter. No lo soporto.

El juez recordó a su paisano que ni estaba bajo juramento, ni tenía por qué decir aquello que le pudiera perjudicar. Pero Aguilar continuó:

—Para entender cómo terminó esta historia hay que explicar cómo empezó. Un día llegó al diario Dúrsila Nézval.

—El diario; no me explico cómo un demócrata trabajaba allí.

—Había salido de la cárcel y entonces la consigna que nos pasaron consistía en meterse en la tripa de la ballena.

—¿Escribía?

—No, estaba en documentación con los progres y los periodistas viejos.

—Allí conoció a Del Arco.

—Sí, Del Arco, el jefe; el típico reportero acabado al que enviaban al cementerio de los elefantes. Un día apareció con su mujer; se habían casado en Gibraltar.

—¿Recuerda la primera vez que la vio?

—Lo recuerdo como si fuera hoy. Iba con un traje de color de saco y un bolso rojo, horrible, en bandolera. Mal vestida, pero la fealdad de la ropa, de los zapatos, del bolso, la hacían aún más bella.

—¿Podría precisar el lugar donde la vio?

—Estábamos en el bar de enfrente del periódico todos los de documentación. Nos la presentó el propio Del Arco. La conocimos en el bar donde íbamos siempre. Olía a gambas y jugábamos a las tragaperras, aún clandestinas o a punto de ser legalizadas. Llegó Dúrsila. Sus ojos azules brillaban, deslumbraban. Tenía que ponerse gafas negras para tapárselos porque eran tan finos que el sol los hería. Del Arco nos comunicó que su mujer iba a trabajar en documentación como traductora.

—¿Cómo llegó a trabajar en el periódico?

—Porque presionó su marido y también la Policía. Pero de eso nos enteramos más tarde.

—Tampoco entiendo qué papel podía jugar una exiliada checoslovaca en el departamento de un periódico donde trabajaban progres.

—Era en el 78. Iba a aprobarse la Constitución. Había mucha tensión. La batalla ideológica se daba en la calle, en los centros de trabajo y también en los periódicos. Había organizaciones que peleaban para quitar el control a los del régimen. La Policía, por orden del gobierno, estaba interesada en saber qué hacíamos allí tantos sospechosos.

—¿Ella era confidente?

—Nunca lo he sabido. Son cosas que se dijeron después de su desaparición.

—En caso de que se comprobara que Dúrsila había sido una confidente, ¿cambiaría la opinión que se había hecho de ella?

—Para nada. Considero a Dúrsila Nézval capaz de lo más sublime y de lo más abyecto.

—¿En qué se basa?

—La conocí a fondo. Carecía de principios; ni siquiera se planteaba si algo era moral.

—Pero si me permite la expresión, a usted le enamoró.

—La palabra no sería enamorar; me enganchó con su terrible misterio. Nunca me había ocurrido hasta entonces; apenas la miré, nos entendimos, intuimos que pertenecíamos a una clase especial. Sería inexacto decir que nos gustamos, y sería más acertado decir que surgió cierta complicidad para las cosas más disparatadas, como si nuestros deseos se completaran. Aquella noche se quitó de encima al marido y se vino conmigo en el pequeño Citroën a la Casa de Campo. Se desnudó en el coche y a pesar de la oscuridad vi su cuerpo transparente; parecía tener luz. La primera noche no pudimos hacer nada. No fue culpa mía o culpa de ella o de nuestras inhibiciones; nos vimos más veces, de manera tan clandestina como si fuéramos a poner bombas. Ella estaba convencida de que su marido nos mataría si llegaba a saberlo, y eso nos gustaba más, pero algo nos inhibía. Ni siquiera el miedo nos excitaba. De Dúrsila, tan complicada, tan rara, nunca supe, en realidad, ni de dónde venía, ni adónde iba, ni qué se le había perdido en España, ni por qué se había casado con aquel borracho y fascista. Ella nos contaba que llegaba de Checoslovaquia, que había estado en contra de los soviéticos, que tenía los padres en Praga, pero yo nunca la creía. A veces dudo de que fuese una persona. Ella jugaba conmigo y unas veces me decía que trabajaba de espía y otras que había hecho de simple buscona de hotel en Praga. Recitaba de memoria a Pushkin en ruso y tenía un talento especial para el engaño; en apariencia inocente, virginal, candorosa, pero de pudor falso. Si quiere que le resuma lo que ocurrió, a los dos nos gustaba lo furtivo, lo arriesgado.

»La primera noche fue un fracaso, y la segunda y la tercera. Pero a los diez minutos de conocernos ya nos habíamos besado en la noria-ascensor que daba vueltas al rascacielos del diario, antes de que surgiera alguna palabra entre nosotros. Recuerdo de Dúrsila un cuerpo frío, sólo tenía pasión en la cabeza. Parecía necesitar a alguien que le recordara que sólo era una mujer, buscaba a alguien despreciable. Quiero decir que se mostró sensible al desprecio.

—Volvamos a la noche del 21 de diciembre.

—Iba a ver a mi padre.

—¿Recuerda cómo iba usted vestido?

—Me puse una cazadora de tipo militar. No era mi estilo, porque entonces nosotros vestíamos de otra manera. No me gustaba, pero ella me la regaló con el dinero que ganaba bailando, una vez que ya se había separado de Del Arco. Le hacía ilusión vestirme de coronel o tal vez de domador, no sé, el caso es que me puse lo que ella me había comprado. Íbamos a asistir a una fiesta de despedida de su carrera diplomática que daba mi padre; sólo me pidió que fuera con alguien bien vestido y guapo. Como la Gaditana se iba de vacaciones, quedamos Dúrsila y yo en ir juntos.

—¿Qué actitud mantuvo la Gaditana?

—A la Gaditana le pareció bien la idea sólo en apariencia, porque en el viaje a la estación me dijo que sospechaba de nosotros y que la checoslovaca era un putón y que nunca más volvería a ese apartamento. Me montó el número. Yo le dije que su código era muy arcaico y que no se comportaba como una mujer de izquierdas, sino como una estúpida, y ella me insultó.

—¿Qué relaciones tenía con la Gaditana?

—Convencionales.

—¿Qué quiere decir?

—Ella estaba chapada a la antigua. Quería casarse. Vivíamos juntos, pero siempre temía que su familia se enterara. Sospechaba de mi relación secreta con Dúrsila. Como aquella casa pertenecía a todos y todos vivían con todas y ella no nos sorprendió nunca, llevaba los celos en secreto.

—¿Considera a la Gaditana capaz de matar?

—No participaba de ningún tipo de fantasías; quiero decir que se comportaba como una puritana. Su pasión se manifestaba en los sentimientos. Es muy colérica. Pero no la creo capaz de hacer algo que esté mal.

—¿Por qué eligieron para cenar Goizweco Kabi?

—Mi padre es un gourmet. Le gustaba ese restaurante de lujo. Me acuerdo de que nos invitó a cenar con otra gente. En Goizweco Kabi, nido de pájaro en vasco, dan croquetas de espinacas, anchoas al ajillo y revuelto de *perre txico.*

—¿A qué hora llegaron a la cena?

—Cuando volví de la estación de llevar a la Gaditana no encontré a Dúrsila y la esperé. Se hizo tarde y llamé a mi padre diciendo que no podía ir a su fiesta.

—¿Qué pensó de la ausencia?

—Me extrañó porque le hacía mucha ilusión la cena. Pensé que se habría ido a buscar tabaco o a comprar champán.

—¿Sin zapatos?

—No sabía que hubiera sido encontrada sin zapatos.

—Sin zapatos y sin bragas, pero extrañamente con un bolso de pedrería y unos guantes negros. El delito está prescrito, señor Aguilar, nadie tiene interés en averiguar la verdad.

—Yo tengo más interés que nadie en que se averigüe la verdad.

JB se fue, pensando que verdaderamente la familia Aguilar era complicada; de quien apenas sabía nada era de Dúrsila Nézval. Ignoraba incluso si era una agente de los soviéticos.

—En Praga —le había contado Gallo— se podía acostar uno con ella por diez dólares y unas medias de seda.

CAPÍTULO XV

GOIZWECO KABI

Por la noche, JB se fue al cine, pero no para ver la película, sino para entrevistarse con una taquillera que había trabajado donde Dúrsila bailaba. La taquillera, en el garito, vendía muñecas y tabaco. En la puerta del minicine los jóvenes hacían cola y comían patatas fritas. La mujer contó que conoció a la checoslovaca, pero sólo recordaba que daba buenas propinas y que el Jesucristo la esperaba a la salida. La taquillera le dio el nombre de un empresario italiano de la mala vida con heridas de coralero en la cara. Encontró al antiguo empresario de espectáculos en un restaurante donde los camareros eran, en realidad, estudiantes del conservatorio que cantaban fragmentos de ópera mientras servían la pasta. El coralero confirmó que la de la foto había hecho un número de *strip-tease* hacía muchos años.

—Pero con otro nombre.

—¿Tuvo algo que ver en el trato la Policía?

—Usted lo sabrá.

—¿Qué recuerda de la chica?

—Bebía champán y detestaba a los hombres.

—¿Era bollera?

—No. Estaba liada con un bohemio que iba de apóstol.

—¿Qué tal artista era?

—Más que artista, tenía dulzura; rubia, larga, con los ojos de azul pálido, sabía bailar de puntillas; no tenía nada y le di trabajo. Vivíamos aquella época de la transición; los night-clubs presentaban el desnudo integral, los *punk-erotics*, los masajes y las saunas. Empezaba todo entonces, los bares de gays y lesbianas, los masajes tailandeses, las falsas geishas y el sexo en vivo y en directo. Apareció aquel arcángel, una perrita huérfana y perdida, y pasó un tiempo bailando y bebiendo, aunque luego desapareció sin que nadie supiera adónde fue.

—¿Se iba con los hombres por dinero?

—No. Tenía miedo a los acosadores y despreciaba a los buitres, y venía a buscarla el gachó que le dije.

Era entonces, pensó JB, cuando España cambiaba según pasaban las horas, el tiempo de las pancartas y de los pareados; Madrid bullía y todo el mundo pegaba carteles en las esquinas. Salieron de la clandestinidad y volvieron del exilio los que durante tanto tiempo vivieron escondidos. Hubo descontrol y no era nada raro que aquella vagabunda que llegó en medio del fragor de un Madrid revuelto hubiera pasado inadvertida cuando desapareció. El coralero le informó de que Dúrsila tenía tendencia a ceder a las insinuaciones y despreciaba lo fácil.

—Al principio se negaba a desnudarse, después le pareció menos humillante dar patadas a la noche que irse con tíos por dinero. Hacía un *strip-tease* maravilloso. Aprendió pronto, recibió unas cuantas clases de una francesa y en seguida se convirtió en una estrella. Pero se lo bebía todo.

Estaba bien claro que la Pavana no había mentido cuando contó que Dúrsila bailó para ganarse la vida después de separarse de Del Arco, y éste tampoco mintió cuando la definió como frígida alcohólica.

Aquella noche JB se lavó los pies en el bidet, echó una mirada al partido de la televisión y se preparó una tortilla de setas con tanta ceremonia como si tuviera invitados; puso la mesa con mantel, los cubiertos en su sitio, el pan en una canastilla, el agua en una jarra que le regaló su madre. Había aprendido durante sus largas soledades a homenajearse a sí mismo y a mantener la casa y la mesa con pulcritud. Parece que ciertas ceremonias requerirían más de una persona, y sin embargo JB aderezaba los platos y servía la mesa como si hubiera invitados; aunque estuviera solo, extremaba los ritos, sobre todo cuando estaba cerca de llegar a la detención de un asesino.

Aprovechando el sonido bajo de la televisión hizo una enumeración de las fobias de la gente con la que iba a pasar el día siguiente, que imaginó muy largo. Las fobias dicen más de una persona que los análisis de su pensamiento. Recordó que a Dúrsila le provocaban repulsión los salidos, al Media Hostia la Coca-Cola, a Aguilar, según contaba a su abogado el de los labios gordos, los que se pasean en chándal, a Gallo le sacaban de quicio los individuos que llevan pendientes en las orejas y Del Arco no aguantaba a los grajos, sobre todo cuando se sentaban ensotanados en el estrado. Pensando en las manías se durmió con la televisión encendida.

A la mañana siguiente compró el periódico deportivo y unas porras, se hizo un café con leche, otra vez con mucha ceremonia, como si estuviera desayunando con Lauren Bacall. La pequeña habitación se inundó de un maravilloso aroma y pensó, con alegría, que pronto se iría a la sierra a cazar y a pescar, a vivir en el ventorro sin luz y a sentir por las mañanas el olor del espliego y el del café.

Llegó el primero al juzgado, donde había quedado una hora antes de que se iniciase la sesión con el juez. Aún no había terminado de leer el diario cuando llegó el Media Hostia, con un termo, los periódicos del día y las gafas de babero.

—Seguimos en la oscuridad —dijo resignado el juez—, no tenemos más que palabras.

—Las palabras también son pruebas.

—Pero las palabras sin pruebas valen poco, y sin acusaciones, nada. Creo que le vamos a dar carpetazo a esta muerte.

—Yo creo, por el contrario, que estamos en vísperas de la cebolla.

—¿Acaso me oculta datos?

—No, pero siento que estamos cerca de la solución.

—No lo veo yo así. Pero usted, ¿cómo ve su burlete?

—Ya sólo quedan un par de nombres.

Cuando iniciaba una investigación, el propio JB ideaba un burlete con apuestas y flores, escribía en el cuaderno nombres con interrogantes, llamadas de atención, avisos, sutilezas, observaciones; luego iba borrando los nombres que superaban la sospecha. Ya sólo quedaba uno. JB había puesto alrededor de un nombre una circunferencia con el lápiz rojo. Pero no se lo iba a decir al Media Hostia, que era un juez tan exigente; lo tiraría todo abajo si no lo tenía bien armado.

El policía añadió, con parsimonia, algunas pruebas al arsenal de objetos de un informe que le habían hecho los de la Científica. Eran las fotografías muy ampliadas de la marca que una vasija oval dejó sobre el libro de cocina junto al baúl oriental, el resultado de los análisis de los polvos encontrados sobre el mismo libro y la página incompleta y manchada de sangre del diario del 22 de diciembre de 1978, donde se anunciaban masajes y saunas, coches desaparecidos y albergues para mendigos.

—Esta prueba —afirmó el Media Hostia— no estaba entre las que aportaron los de la Científica.

—No. Los polvos blancos, la fotografía de la vasija oval y la página del periódico no fueron recogidas en la primera inspección ocular por los de la Científica cuando su señoría levantó el cadáver.

—¿Le da especial significación a estas pruebas?

—Fundamental. La página sin fecha del diario me sirvió para confirmar que el asesinato se cometió en la noche del 21 de diciembre, aunque al desgarrar el periódico se llevaron por delante la fecha; me metí horas y horas en la hemeroteca y por fin puedo asegurar que, casi con toda seguridad, el asesino se limpió las manos en esa plana en la que se anunciaban masajes, saunas, alquileres y ventas de chalets. En el careo de hoy —siguió JB— con la participación de los testigos, tal vez sacaremos algo en claro del significado de la página.

—¿Quiere decirme qué significa eso del polvo blanco y la vasija?

—Se lo diré en el momento oportuno, señoría.

En los careos, los acusados o testigos han de estar de pie, mirándose a la cara, delante de los magistrados, entre los abogados defensores, el fiscal y los letrados de la acusación.

El Media Hostia, mirando por encima de las gafas y acariciando el cordón negro donde las llevaba atadas, ordenó a los secretarios que colocaran sillas delante de su mesa para Aguilar, la Pavana, la Gaditana, Gallo, Del Arco, la viuda de Felipe y Fernando el de Guadalajara. Los dos últimos se incorporaban a la investigación después de recibir en sus casas el telegrama urgente. A la izquierda del Media Hostia se sentó el fiscal y a la derecha un solo abogado defensor, el de los labios gordos y el pelo rizado, que se había convertido en la sombra de Aguilar; a pesar de que el Media Hostia lo tranquilizaba con sus gestos, temía ser el principal sospechoso sólo porque vivía en un barrio residencial, iba a monterías y salía con yogurines. No había otros defensores porque los comparecientes no iban en calidad de imputados, ni siquiera formalmente como testigos. El juez no los amenazó con ese artículo del código que prevé cuatro años de cárcel para los perjuros. «Están aquí para colaborar con la justicia.»

El Media Hostia hojeó el mamotreto que le habían pasado de la Policía a base de las informaciones de JB, análisis de la Científica, recomendaciones del Jefe e informes confidenciales de los agentes de inteligencia. JB se sentó en la primera fila de sillones de convento con dos cuadernos, en los que había anotado con letra pequeña datos, intuiciones e interrogaciones del caso. Esperaba la llegada del doctor Armando, que también declararía, pero el médico asistía a otra vista a esa misma hora. El Media Hostia tomó la palabra.

—Vamos a seguir un procedimiento más bien heterodoxo en esta investigación. El fiscal les va a ir enumerando hechos contradictorios y oscuros.

El fiscal pidió la venia para intervenir.

—Entre las cosas que carecen de lógica está el jergón apoyado en el tresillo. ¿Qué hacía un jergón de canto, con unas cuerdas de cáñamo, que alguien sospechó que se utilizaron en escenas sádicas?

Aguilar, según reconoció la Pavana, venía muy pera, con una corbata italiana, unos zapatos de color de hueso y un traje completo de alta calidad. Comentó muy quemado, pero sin perder el empaque:

—Esa misma pregunta me la han hecho anteriormente, y también me dijeron que podían haber sido utilizadas en escenas sádicas. No le veo explicación alguna a ese tenebroso detalle.

La Pavana, que venía muy puesta, con su pelo recién teñido con henna y unos zapatos de tacón altísimo, hizo un aspaviento y formuló una insinuación:

—Ese número era de otra comedia. Del auriga y su palanquero.

—Podría usted ser más explícito —le recomendó su señoría.

—No voy a desvelar las preferencias sexuales de mis clientes. Lo que quiero decir es que el actual señor Aguilar es inocente en esa historia.

Se quedaron todos a oscuras; todos menos JB, que pasó discretamente una nota al Media Hostia: «Insinúa el testigo que ese jergón fue utilizado en otros tiempos por el padre de Aguilar y por su propio chófer.» El juez se maravilló de la decadencia que arrastraban, en su evolución genética, las gentes de su pueblo; aunque su propia teoría no era la herencia, sino la cultura, la que determina las fantasías. Lo solía decir a sus compañeros de la Audiencia cuando se contoneaban con la toga por los pasillos, como si pertenecieran todos a una casta levítica. El Media Hostia criticaba una profesión que se expresa en un lenguaje arcaico: «Vamos disfrazados de sacerdote y en algunos países anglosajones se ponen pelucas como las cantantes de ópera. Pero no somos intocables sólo por el hecho de aprobar unas oposiciones.»

El Media Hostia tuvo aventuras fuera del matrimonio y presumía de haberse dejado la estatura en las alcobas. Pero su mundo de fantasías sexuales estaba configurado en torno a la moral de una izquierda puritana.

El fiscal siguió preguntando:

—Quedó acreditado que Tomás el de la Isla no tenía otro móvil que evitar confusiones cuando se llevó la trinchera.

—Exacto —confirmó con mucha dignidad la Pavana—; lo hice para evitar que me tomaran el número cambiado.

—¿En ningún momento quiso proteger a una tercera persona?

—Para nada. En aquel tiempo estaba sólo con mi sombra.

—El cuarto era un sitio inhóspito, con telarañas en los rincones.

—Sí, señor.

—Las ratas que subían por la cañería.

—Así es.

—¿Cómo se explica usted que alguien llevara a otra persona a la fuerza a un lugar tan inhóspito y oscuro?

—Si su señoría se refiere a don Jesús Aguilar, no le creo capaz de obligar a nadie a apretar las tabas. Ella habría ido voluntariamente. Yo los vi algunas veces. O para ser más exactos, oí sus gemidos. El trastero no era tan negro como ahora; tuvo una bombilla que debió de fundirse en el tiempo en que estuvo cerrado el cuarto.

—¿No cree que hay que ser un sicópata para tener relaciones sexuales entre las ratas?

El juez consideró que, más que una pregunta, el fiscal había emitido una opinión que consideró impertinente y con el objetivo de afear las perversidades de Aguilar. Pero la Pavana, en el centro de los focos, se creció.

—En esa casa siempre hubo mucho desenfreno. Metían en el garaje; en el ascensor, por supuesto. Una, que es ahora baronesa, tuvo un cliente al que le gustaba salir con correa de chuque alrededor de la piscina, y otro, que era presidente de un club de fútbol, se iba a la parada de un autobús, frente a unos cañones de la guerra de África, para poner rabo a los soldados. Después de tantos años de reglamento y de pasar por el aro, cuando llegó el desahogo media casa se lió con la otra media. Los vecinos estaban más salidos que el pico de una mesa, las mujeres pedían guerra, y a los que les hacía agua la canoa, lo mismo.

El fiscal se dirigió a la Gaditana. Ella tenía el cenicero en las rodillas que a JB le seguían pareciendo espléndidas.

—Dúrsila Nézval vivía en su casa. ¿Tiene usted alguna opinión sobre su comportamiento?

—No era mi casa, era la de todos. En cuanto a Dúrsila, siempre pensé que tenía unos gustos muy difíciles de satisfacer.

—¿Podría explicarse con más claridad?

—Pienso que necesitaba de estímulos rebuscados para ponerse a tono.

—¿Y qué idea tiene del que era entonces su compañero?

—Digamos que se dejó deslumbrar por ella, que por lo visto le ofrecía muchas excentricidades. Jesús era y es muy fino, y a la gente fina le suelen gustar los lugares más sórdidos.

JB observó que la Gaditana y Aguilar se intercambiaban una mirada de complicidad y hasta una sonrisa. El tiempo transcurrido había curado las heridas.

—Creyeron que me engañaban —siguió la Gaditana—. Pero mientras más disimulaban, más se traicionaban.

—¿Qué recuerda de la noche del 21 de diciembre?

—Quise dar una fiesta de despedida.

—¿Para qué?

—Porque me iba.

—¿Sólo por eso?

—No pensaba volver con Jesús después de las vacaciones. Estaba dispuesta a cambiar de ambiente y de gente. Cerraban el periódico, todo lo que habíamos montado se iba abajo; me decidí a buscar trabajo y también a escribir. Nos íbamos a separar y todos lo sabíamos. Así que hicimos aquella fiesta.

—Con champán y porros.

—Sí. Hubo algo de vacile, lo que se decía entonces una fumata. Sólo porros. Y champán. Llegó Dúrsila con una caja de El Corte Inglés y también trajo unas latas de caviar. La ayudé a hacer los canapés.

—Sus relaciones con Dúrsila, ¿eran buenas?

—Correctas. Yo sabía que cuando me fuera, ella tenía el campo libre y se quedaban solos, como deseaban.

—¿Cree verosímil que aquella noche Jesús Aguilar, en medio de la fiesta, bajara con Dúrsila Nézval al cuarto trastero para mantener relaciones sexuales?

—Lo creo verosímil porque lo vi. Bajaron al cuarto. Jesús cogió la llave que estaba detrás de la puerta de la cocina. La llave del trastero tenía una cadenita con un busto de Lenin del tamaño de un garbanzo.

—¿Recuerda si vio volver al apartamento a Dúrsila?

—No. Yo estaba haciendo las maletas. Lo que sí recuerdo es que Jesús me acompañó a la estación porque le armé una gran bronca en el camino. Incluso llegué a bajarme del coche para coger un taxi. Montamos el número en plena calle.

Jesús Aguilar miraba a la moqueta mientras, seguramente, recordaba todo lo que pasó aquella noche de 1978. Armando, que se había sentado al lado de JB, por indicación del policía, pidió permiso para hablar.

—Puedo aportar algunas observaciones y datos sobre aquella noche. Los análisis del semen indican que sometieron a Dúrsila a una penetración anal.

—¿Contra su voluntad?

—Casi siempre ese momento crítico y decisivo transcurre con algo de fuerza y de intimidación, que no quiere decir a la fuerza. Creo que en esa relación había un juego sádico.

—¿Puede explicarse mejor?

—El hombre es un animal imaginativo, y su proceder no es natural, como el de los perros, que se aparean en las plazas públicas y siempre del mismo modo. Estamos ante dos individuos complejos. El caballero era de una sexualidad un tanto laberíntica y la víctima padecía anorgasmia; seguramente encontraba el placer en lo extremado y en lo tortuoso.

—¿Cuáles son las características de esa enfermedad?

—Podría definirse vulgarmente como falta de orgasmo, un trastorno transitorio que comporta la pérdida del deseo y del interés sexual por tener el himen fibroso o la vulva inflamada. Esto provoca dolor en los pacientes.

—¿Y cómo ha llegado a esas conclusiones?

—Por conversaciones con el ex marido de la víctima y por conversaciones con el propio señor Aguilar, al que tuve el placer de consultar. El señor Aguilar me confirmó que, desde siempre, su relación con Dúrsila Nézval estuvo marcada por una figuración de castigo y sufrimiento. Como se dice vulgarmente, les iba la marcha. Aquella noche ella estaba especialmente atractiva con el vestido rojo de una pieza, descalza, ligeramente ebria, y al señor Aguilar le entró el rayo. Claro que podrían haber esperado un par de horas para consumar sus fantasías, pero se miraron y se envenenaron de deseo, si me permite la expresión: les entró la selva y la locura en sus pensamientos, se hicieron señales y se fueron al trastero con la coartada de ir a buscar vino.

—¿Tiene un informe sobre esa conversación con Jesús Aguilar?

—Fue de carácter reservado después de que hiciera la autopsia. Quiero contar que Jesús Aguilar sentía por Dúrsila una gran pasión y que se entendían por intuición. El alma de ella tenía algo de oscuro y misterioso. La relación fue una travesía por las tinieblas. Cuando la veía desnuda la veía tan vegetal que comprendió que sólo sentirían a través de la perversión. Aguilar es un anarquista y heredó una sangre loca. Era partidario, como los libertarios, de que el albañil tenga casa y de que el sombrerero sombrero, pero para él la máxima desgracia no es la miseria sino el bostezo. Encontró en Dúrsila la abulia de los ángeles. La checoslovaca sentía ese pudor de la belleza. Los dos estaban hechos de la misma naturaleza de los sueños. Alguien quiso cortar ese lirio blanco con un cuchillo, pero metería la mano en el fuego y juraría que no fue Aguilar quien cortó el lirio.

CAPÍTULO XVI

PETACA JAMES DIXON SONS

Del Arco, con su bigote cano, seguía el debate como si no fuera con él, pero JB no dejaba de observarle. En una de las últimas conversaciones, cuando ya estaba ciego en La Gaceta, le había confesado que su ex mujer era la más puta y traidora de todas las mujeres. Habló de ella sin consideración alguna, de sus pezones como castañas, de sus tetas como limones y de que no había en ella nada sublime o sobrenatural como pensaba JB; Del Arco sentía por Dúrsila un rencor viejo, sarcástico, mal curado; siempre la consideró como una propiedad desde que la encontró en el Amor Brujo y la mantuvo; le puso un piso, vivieron noches de odio y de champán con resacas de reproches y ofensas. Dúrsila nunca se sometió. La detestaba sobre todo porque nunca la encontraba dispuesta; ella le negaba el cuerpo. La mención de la anorgasmia por parte del doctor Armando volvió a la realidad a Del Arco. Creyó que debía intervenir.

—No quisiera ofender la memoria de mi ex esposa, y tampoco estoy seguro de que estos detalles tan íntimos ayuden al esclarecimiento de la verdad. Dúrsila era una mujer con problemas, sobre todo desde que empezó a beber más de la cuenta, y padecía insomnio. El médico le recetó unas pastillas para dormir; no quería hacer el amor, sólo bebía. Se pasaba las horas en la cama, mirando al techo; cuando salía iba de compras, y me dejaba tiritando la tarjeta de crédito. Para mí los últimos tiempos en su compañía fueron un suplicio.

Fue entonces cuando Fernando pidió permiso para intervenir. Era un hombre corpulento, con envergadura de oso, vestido con rusticidad, de manos grandes de cavador, aunque no procedía de familia campesina, sino más bien aristocrática. Decía con socarronería Del Arco que en el reciclaje de los viejos progres a él le había tocado el papel de ecologista. «Cuando le conocí en el diario —contó una de aquellas tardes Del Arco a JB— iba con una bomba en los dientes; veía fascistas por todas partes; veinte años después es san Francisco, cuida los conejos en su granja y cultiva hortalizas sin insecticida.»

Acababa de llegar de Guadalajara, y al reconocer a sus antiguos camaradas los había saludado con mucha cordialidad; después habló ante el tribunal.

—He escuchado las distintas versiones que mis amigos han dado de Dúrsila Nézval. He llegado a pensar que hablan de una persona diferente a la que yo conocí.

—¿Cómo era la Dúrsila que usted conoció?

—Una gran chica.

—¿Nunca desconfió de ella?

—Desde que llegó estuvo bajo el control, primero de la Policía y después de su marido; ella seguía escapándose de los controles y, para ganarse la vida, tuvo que bailar desnuda. La Dúrsila que yo recuerdo no sólo era muy bella y muy educada, sino sensible y, a mi parecer, honesta.

La viuda de Felipe también quiso hablar.

—Es verdad que bebía y es verdad que tuvo problemas con su matrimonio, pero yo la encontraba simpática y buena persona. Creo que estaba enamorada de Jesús y Jesús de ella.

—¿Qué recuerda de aquella noche? —insistió el fiscal.

—Que había mucha electricidad en el ambiente —dijo la viuda.

—¿Qué quiere decir con eso?

—Que se notaba mucha tensión, sobre todo desde que llegó Del Arco.

—Pero si estaban fumando y bebiendo.

—Es cierto. Hasta yo fumé un porro por primera vez y vi las cosas muy raras; el Che que estaba en el retrato parecía sonreír.

Fernando continuó:

—Nos daba cien vueltas en política. Era una exiliada luchando en su país, y cuando llegó aquí no tuvo demasiada suerte. Se quedó sin trabajo al quedarse sin marido. Me gustaría recordarla como yo la vi, como una mujer muy digna. Entonces nosotros vivíamos la fe del carbonero y ella llegó y nos despertó. Nos contó que el socialismo eran colas, Policía secreta y nada en la nevera. Recuerdo aquellas noches ciegas, cuando salíamos del periódico y nos íbamos por ahí de marcha hasta el día siguiente con Dúrsila y su marido, con Jesús, con la Gaditana, con Felipe, con Luis, con otros linotipistas y cajistas; queríamos tomar el periódico; habíamos montado una especie de soviet; ella nos intentaba convencer de que la prensa y el poder eran incompatibles. Luego perdimos la batalla, el gobierno decretó la disolución de la prensa del Estado, hubo depuración del personal mediante jubilaciones y nuestro comité se disolvió, nos desperdigamos. Iba a llegar Navidad y nos reunimos, y allí encontré otra vez a Dúrsila en la casa de Jesús, que era la casa donde tantos meses nos habíamos reunido los del comité. No recuerdo todo de aquella noche, pero sé que nos reímos mucho con el porro y vimos las rayas de la cebra de colores, tomamos canapés de galletas con caviar. Dúrsila estaba descalza y muy bella.

El fiscal, al comprobar que Fernando, el cuidador de conejos, parecía tener mejor memoria que los otros, centró las preguntas en detalles del tiempo pasado.

—¿Podría usted recordar más cosas de la noche del 21 de diciembre de 1978?

—Nadie podría recordar un día de hace veinte años, pero cuando Dúrsila desapareció yo memoricé ese día.

—¿Con qué intención?

—Porque me imaginé en seguida lo peor.

—¿Recuerda el tiempo que hacía?

—Puedo recordar que el día fue fresco y gris, que había luna llena.

—¿Qué hizo usted antes de asistir a la fiesta?

—Como me gustaban tanto los animales, fui a ver el estreno de una película en la que los protagonistas eran James Stewart y la perra *Lassie*.

—¿Con quién?

—Con una chica francesa.

—¿Asistió ella a la fiesta?

—Sí.

—¿Y dónde está ahora?

—Hace mucho tiempo que no sé nada de ella. Aquel día pensábamos ir a esquiar a Guadarrama, pero en la sierra la temperatura era de diez grados bajo cero y sin embargo no había nieve. Como le iba diciendo, al principio la miramos con desconfianza, pero nunca con desdén; era una mujer buena que se fue envenenando apenas llegó aquí.

El fiscal se dirigió entonces a JB, que estaba mirando de reojo las piernas de la Gaditana.

—He leído su informe sobre el estado del cadáver y su teoría de por qué se conservaba en un estado casi milagroso.

JB se levantó para hablar, a diferencia de los otros testigos, que se dirigían al juez sentados.

—En la Policía decimos que los cadáveres de las personas huelen de una manera especial; utilizamos la expresión gato muerto. Este cuerpo que se encontró momificado causó extrañeza en los periódicos y también en la brigada. Después de muchas averiguaciones y de algunas consultas he llegado a la conclusión de que el fenómeno de momificación no tenía nada de milagroso; era el mismo que siguen las frutas cuando se desecan. Como consecuencia de las catorce puñaladas, a la víctima le quedó poca sangre y, además, sufrió después el típico fenómeno de deshidratación. Por eso al ser hallada parecía un figurín, y llegó a decirse que era de cuero curtido. Perdió agua y perdió peso, pero se salvó de la putrefacción y de la fermentación bacteriana, y sufrió un proceso natural de embalsamamiento al estilo de las momias porque estaba muy próxima al gran tubo de la calefacción, que estaba, a su vez, cerca del ojo de pez. Durante aquel invierno del 78 tuvo al lado las dos cosas que necesitaba una momia, calor y ventilación.

El doctor Armando, que había aportado algunos de los detalles que ahora exponía JB ante el tribunal, añadió:

—Llevo muchos años en la medicina forense y nunca había llegado hasta la mesa de las autopsias algo tan extraordinario como aquel cuerpo. Dijimos en su momento que parecía hervida como los cruzados, también se llegó a decir que se había conservado en la nieve. Lo cierto es que se mantuvo tan prodigiosamente que aún tenía rictus y pestañas de muñeca.

La Pavana, que tenía muchas ganas de hablar, hacía gestos de desagrado y de escepticismo. El Media Hostia le preguntó:

—¿Tiene que aportar algún detalle nuevo a las declaraciones de los testigos?

—Cuando llegaron los invitados —explicó la Pavana—, Dúrsila y Jesús ya estaban colocados, habían fumado y se habían bebido un par de botellas de champán; la Gaditana era, aquella noche, una fiera corrupia. Luego llegó el ex marido de Dúrsila y se mascaba la bronca.

—¿A qué hora llegó el señor Del Arco?

—Después del partido de fútbol.

—¿Dónde vio usted el partido de fútbol? —preguntó el Media Hostia a Del Arco.

—En el club del diario.

La Pavana siguió:

—Yo bajé con Dúrsila y Jesús a buscar más vino; se habían acabado las botellas de champán que ella compró; se necesitaba más bebida. En el trastero había whisky del papá y más champán. Me acuerdo que llegó Del Arco porque lo encontré en el pasillo del sótano cuando yo dejé a Jesús y a Dúrsila en el cuarto trastero, porque me habían llamado del quinto. Del Arco me dijo que iba a llenar su cantimplora de whisky de maíz, que le gustaba; lo había hecho otras veces; en realidad el cuarto trastero servía de bodega. Todos los amigos cogían la llave, que estaba en un clavito detrás de la puerta de la cocina, y bajaban a buscar licores. Era la costumbre.

Con las gafas atadas al cordón negro, el Media Hostia se fijó en el bigote blanco de Del Arco, que ahora bebía, con disimulo, de la petaca de plata y piel. El juez apuntó en el margen del periódico algunos datos. JB pidió permiso para hablar.

—Me gustaría rectificar una declaración anterior del señor Aguilar. Incurrió en una contradicción que yo considero irrelevante. Relató que el día 21 de diciembre de 1978 su padre le invitó a él y a Dúrsila a comer en Goizweco Kabi. He comprobado que en ese restaurante dan croquetas de espinacas, anchoas al ajillo y revuelto de *perre txico*, pero en su declaración hay un error: no pudieron estar cenando hace veinte años porque el restaurante se fundó años después del 78.

Aguilar confirmó que, efectivamente, se había confundido de restaurante. Cuando se hubo aclarado la contradicción, JB sacó los dos cuadernos repletos de notas y pidió licencia al Media Hostia para que salieran los testigos: «Hay algunos episodios —dijo— que no serían agradables para alguno de los asistentes.» Cuando todos salieron, el juez le invitó a tomar un café del termo, pero JB dijo que necesitaba un whisky. Entonces el Media Hostia entendió que estaban llegando al corazón de la cebolla; JB le había jurado que no se emborracharía hasta que pudiera encontrar pruebas contra el asesino de Dúrsila Nézval. Cuando le trajeron la botella que el Media Hostia guardaba para las grandes ocasiones, JB paladeó el primer trago, se aflojó la corbata e inició el informe.

—Todos, su señoría, el fiscal y los testigos, tenemos ya una idea de cómo era el día 21 de diciembre de 1978, la noche más corta del año; luna llena. Nunca pensé que podríamos recuperar un espacio de tiempo tan corto y lejano, pero nos han ayudado algunos de los que se han sentado en estas sillas, y hemos tenido suerte con la aparición fortuita de una página del periódico con la que se limpió las manos el que mató a Dúrsila Nézval. Esa página, antes del análisis del ADN, es la que nos sirvió para descubrir que sólo Del Arco había estado en el diario viendo el partido antes de asistir a la fiesta con sus compañeros, sólo Del Arco tuvo la oportunidad de llevarse la primera edición que salió a las diez de la noche; se la llevó en el bolsillo del abrigo. Las páginas que sirvieron a los agentes de la Científica para envolver el cuchillo de matazón. Ahí está el cuchillo: es de ala tan clara que uno puede mirarse en ese espejo; las páginas que los agentes encontraron eran pasadas, pero no así la plana que le sirvió a Del Arco para limpiarse la sangre después de asesinar a su esposa. Ése era el periódico del día siguiente al 21 de diciembre. Las pruebas del ADN han demostrado que también el mismo Del Arco dejó en el papel de periódico algo de su sangre; le brotó de la mano en uno de los golpes ciegos. Esto último ha sido fácil de descubrir; no nos hizo falta el permiso de su señoría porque en una de las pasadas noches, después de estar conmigo en el bar que frecuentamos durante la investigación, Del Arco fue sometido a un control de alcoholemia; de hecho, la sangre estaba muy mezclada con ron, pero era la misma que juntó a la de su esposa como en una boda gitana en la página de anuncios del periódico. No puede imaginarse, señoría, las horas que yo me he pasado en la hemeroteca para aclarar este misterio. Entre las planas de muchos meses con relación de coches desaparecidos, reparación de televisores, masajes y saunas, por fin encontré la publicación de la fecha; pude comprobar que la página pertenecía a ese día y que fue llevado a la fiesta por Del Arco. Como buen reportero, esperó hasta que subieron los primeros ejemplares de la rotativa, antes de irse. Los testigos han contado cómo era la noche, han descrito a Dúrsila Nézval descalza y alegre, han explicado que estaba radiante. Tengo una idea aproximada de Dúrsila; creo que era maravillosa; según el doctor Armando tenía las medidas áureas, noventa y dos o noventa y tres, un metro ochenta y tres, ángulo facial perfecto, rostro de cuatro narices como manda el canon. Hay una razón para que estuviera descalza: le hacían daño los zapatos nuevos. Estuvo de compras todo el día; ir a las tiendas y a las *boutiques* era su idea de la felicidad y de la libertad desde que llegó de Checoslovaquia. Desde que descubrió los grandes almacenes que olían tan bien y tenían de todo, excepto la mortadela, que tanto detestaba, se pasaba horas y horas subiendo por las escalerillas mecánicas, aunque no comprara nada. Pero aquel día, el 21 de diciembre, había cobrado su primer sueldo como bailarina de *strip-tease* y estaba dispuesta a fundirlo. Encontró ropa para el señor Aguilar que él mismo definió después como de cazador blanco; se trajo su vestido rojo, sus zapatos, el bolso, la diadema y los guantes negros. Y todo lo estrenó. También compró seis botellas de champán. Dúrsila bebió y fumó con todos, dio vueltas por la habitación bailando con una música inexistente y declaró que sentía el deseo de bañarse en el cielo. Pero la iba a matar su ex marido. Era feliz porque se sentía libre, tenía un trabajo y se quedaba con Jesús Aguilar, al que quería o, para ser más exacto, sentía por él una gran atracción. Los dos sabían que les quedaban todas las Navidades para ellos solos, porque se iba la Gaditana. Pero el deseo era para esta pareja algo insuperable, momentáneo, una tempestad. A las diez y treinta, aproximadamente, llegaron Felipe y su esposa. A las once menos veinte llegó Del Arco. La presencia del ex marido les provocó excitación. Para asesorarme sobre la extraña relación entre Dúrsila y Aguilar he pasado muchas horas con el doctor Armando, que me ha convencido de que desde el principio esas relaciones estuvieron marcadas por la presencia del marido y el pavor que les provocaba. Del Arco tenía armas, sabía usarlas y era capaz de hacerlo; todo eso, en vez de convencerlos para ser más cuidadosos, los hacía más imprudentes. Siempre, según el doctor Armando, su relación estuvo marcada por el juego del sadomasoquismo. En el propio periódico, según he averiguado, cuando aún estaba ella casada, mantenían encuentros fugaces en cualquier parte, en los váteres, en el ascensor, detrás de los archivos de fotos. Era su manera de comunicarse sexualmente: burlar al marido y aceptar unos encuentros salvajes y clandestinos. Ella era una mujer extremadamente culta, muy bella y muy civilizada, pero encontró en Jesús Aguilar el contrapunto; el que no la trataba con la adoración que provocaba a todos su belleza. Según el doctor Armando, practicaban el coito en cualquier lugar oscuro porque para ellos era el cenit de su propia voluptuosidad. Ella y él aprendieron todos los insultos del mundo para decírselos en pleno acto. Parece raro que aquella mujer tan inocente al principio, entrara en un juego tan perverso. Pero así fue. El dolor era un obligado ritual en las prácticas sexuales de Dúrsila y Jesús. Me ha convencido el forense de que un sádico puede ser a la vez un masoquista, y también al contrario, me ha ilustrado sobre la inflación del padre, la fascinación dialéctica entre el aniquilamiento y el orgasmo. Parece que estas pulsiones están subyacentes en todos los seres humanos, pero en el caso que nos ocupa adquirieron un grado insuperable. En el momento en que Del Arco bajó al cuarto trastero, su ex mujer y su amigo estaban en ese trance. Oyó los gemidos, le pareció que aullaban; daban voces tristes, prolongadas, entre el dolor y el placer; imaginó las contorsiones y los espasmos que él jamás consiguió lograr y se volvió, sin llenar su cantimplora de whisky de maíz, pero con la firme decisión de matar a Dúrsila Nézval. Se le llenó la cabeza de locura. Esperó, bebió mucho por los bares del contorno. Cuando se fueron la Gaditana, Aguilar y todos los demás, él volvió borracho con la idea de llenar la cantimplora de plata en el cuarto trastero. Primero se engañó pensando que debía ir a pedir la llave del busto de Lenin para bajar a la bodega. Cuando ella abrió la puerta, sintió un deseo irresistible, ciego, vengativo de aniquilarla. Cogió el cuchillo de matazón que estaba cerca de la llave del trastero y descargó sobre Dúrsila Nézval todo su odio y sus celos. La acuchilló en el pubis, en el monte de Venus, en los senos, en el vientre, en la yugular. La pinchó hasta que dejó de respirar. Pero en ningún momento olvidó el motivo aparente de su visita; cogió la llave con el busto de Lenin. Entonces sintió también odio por sus antiguos compañeros, que un día habían llegado al periódico con sus barbas y sus ideas, para humillarle y arrebatarle a su mujer. Dúrsila daba los últimos suspiros sobre la alfombra de Afganistán, una alfombra de mucho espesor, que no filtraba la sangre; la enrolló cuidadosamente, abrió la puerta, miró al pasillo y cuando se aseguró de que no había nadie tocó el botón del ascensor, llegó, dejó abierta la puerta; cuando volvió al piso, se echó al hombro el cuerpo escondido en la alfombra, lo puso en el ascensor y bajó hasta el sótano. Pero cometió unos cuantos errores, y uno de ellos fue que se limpió la sangre de la mano en el periódico del día siguiente. En el cuerpo de Dúrsila estaba el semen de Aguilar y los indicios de que él podría haberla matado. Pero no fue Aguilar. Cuando Del Arco sintió la ansiedad y la angustia por lo que acababa de hacer tuvo la misma reacción que tenía en sus tiempos de reportero en el momento que descubría la sangre: se le abría la úlcera y se ponía en la lengua un puñado de bicarbonato que tragaba con el whisky de la cantimplora. Después de colocar el cuerpo de Dúrsila en el cofre hebreo, al tragar el whisky y la medicina dejó unos polvos que la Pavana identificó como cocaína. No era cocaína, sino bicarbonato. Lo han demostrado los análisis de la Científica, como verá en el informe adjunto. Lo que no olvidó el asesino fue el motivo de su estancia en el cuarto trastero; así que llenó la cantimplora de whisky de maíz. En la ceremonia, muy de Del Arco, dejó alrededor de la base de la vasija cóncava una señal que no era otra que la del contorno de la petaca James Dixon Sons.

JB acabó el whisky. El Media Hostia le ofreció otro trago y mientras se lo tomaba, imitando ante el juez la manera con la que Del Arco bebía después de meterse el bicarbonato en la boca, dijo:

—Para su consideración y por si fuera necesario en un posible proceso, ahí están los análisis del ADN, del bicarbonato, las fotos de la base de la cantimplora, las pastillas antibaby y la página de los anuncios.

El Media Hostia le miró por encima de las gafas.

—Ha identificado usted a un asesino de mujeres, pero me temo que el delito haya prescrito.

Hay cosas que se saben por instinto. JB sabía que Del Arco iba a estar esperándole en La Gaceta, debajo del retrato de Ava Gardner. Así fue. Lo encontró con la mirada baja, la nariz roja de bebedor y el bigote de viejo facha. Antes de sentarse, JB exigió un whisky doble, y entonces Del Arco supo que le tenían enganchado; así que él también llamó al camarero para que le trajera un mojito.

—También doble.

—Yo tenía un amigo —dijo Del Arco— que si uno en la barra pedía un ciento tres, él pedía un ciento cuatro.

Bebieron. Tardaron mucho tiempo en hablar. Empezó JB:

—Te vas a tener que sentar en la rilera.

—Me lo dices o me lo cuentas.

—Te lo adelanto. Te va a llamar el Media Hostia como imputado.

—¿Y dónde están las pruebas?

—Siempre fuiste un gran reportero. Un gran reportero nunca sale del diario sin la primera edición en el bolsillo. Después del partido con Italia, llegó el periódico del día siguiente y tú te lo llevaste a la fiesta.

—¿Y cómo se puede demostrar eso?

—Porque te hicimos las pruebas del ADN después de que te detuvieran por conducir borracho. Es la misma sangre que la que se mezcló con la de Dúrsila Nézval en la página del diario.

—Eres un hijo de puta. No hay chapa bueno. Me engatillaron porque tú lo ordenaste.

—Pero eso no te valdrá como argumento de nulidad. Te agarrarás a la prescripción, y en el caso de que no la hubiera, ya no tienes edad para ir al tubo.

—¿A qué has venido?

—A que me des, según prometiste, la petaca James Dixon Sons de Sheffield, año 1922, que te dio, antes de ir a la umbría, el de San Quintín.

Mientras Del Arco se desataba la petaca de la correa, se le escaparon unos sollozos. JB nunca supo si las lágrimas eran por la petaca de piel y plata o por Dúrsila Nézval.

ÍNDICE